东亚经典文学译丛

山音

[日]川端康成◎著
张锐◎译

吉林出版集团股份有限公司
全国百佳图书出版单位

图书在版编目（CIP）数据

山音 / （日）川端康成著 ; 张锐译. -- 长春 : 吉林出版集团股份有限公司, 2025. 7. --（东亚经典文学译丛）. -- ISBN 978-7-5731-6986-0

Ⅰ. I313.45

中国国家版本馆 CIP 数据核字第 2025RY3876 号

DONGYA JINGDIAN WENXUE YI CONG · SHAN YIN

东亚经典文学译丛 · 山音

著　　者：［日］川端康成
译　　者：张　锐
出版策划：崔文辉
责任编辑：杨　蕊
特约编辑：杜　佳
封面设计：刘　僮
版式设计：四季中天
出　　版：吉林出版集团股份有限公司
（长春市福祉大路 5788 号，邮政编码：130118）
发　　行：吉林出版集团译文图书经营有限公司
（http://shop34896900.taobao.com）
电　　话：总编办 0431-81629909
营销部 0431-81629880/81629881
印　　刷：三河市金泰源印务有限公司
开　　本：787mm × 1092mm　1/16
印　　张：18.5
字　　数：232 千字
版　　次：2025 年 7 月第 1 版
印　　次：2025 年 7 月第 1 次印刷
书　　号：ISBN 978-7-5731-6986-0
定　　价：58.00 元
印装错误请联系调换　联系电话：15330076963

目　录

山音

（一）

尾形信吾眉头微皱，嘴巴微张，仿佛在思索着什么。旁人看来，或许并不会觉得他是在思考，反倒可能会觉得他是在悲伤。

他的儿子修一注意到了这一点，但习以为常，并未放在心上。

对于修一来说，与其说父亲在思索着什么，不如说他更清楚——父亲是在努力回忆些什么。

信吾摘下帽子，用右手指捏着，将它放在膝盖上。修一默默地拿起那顶帽子，放到了电车的行李架上。

“嗯，那个……”

这种时候，信吾有点难以启齿，“前些日子离开的那个女佣，叫什么来着？”

“加代吗？”

“哦，对，是加代。她是什么时候离开的？”

“上周四，也就是五天前。”

“五天前啊……五天前辞职的女佣，她的脸长什么样，穿什么衣服，我居然都没什么印象了，真是不可思议啊。”

修一觉得父亲多少有些夸张了。

“说起加代，是在她离开前两三天吧，我准备出门散步，穿木屐时提了一句自己可能有脚气。她说：‘应该是木屐带磨伤了吧。’她这一句话让我觉得特别有意思，让我对她印象深刻。其实是之前散步时木屐带磨破了脚，她在‘磨伤’这个词前加了敬语，听起来特别文雅又贴心，我还挺佩服她的。可现在回想起来，她其实说的是木屐带磨破脚，并不是敬语，没有什么值得佩服的。加代的重音有些怪，我被她的重音误导了，现在才发现。”

信吾讲完后说道：“你能试着跟我说一下加敬语的‘磨伤’吗？”

“磨伤。”

“那木屐带磨破脚呢？”

“磨破。”

“果然，我想的没错。加代的重音是错的。”

信吾毕竟不是东京人，对东京的标准音并没有多少自信。修一则是在东京长大的。

“她送我到门口，然后跪坐在那里。我以为加代加了敬语，所以听起来既温柔又文雅。现在才明白，其实就是‘木屐带磨破脚’，原来没什么特别的啊。不过，她叫什么、长什么样、穿什么衣服，我却怎么也想不起来。她在咱家待了有半年吧？”

“是的。”

修一对此已经习以为常，完全没有表现出对父亲的同情。

虽然信吾本人也习惯了，但内心依然隐隐感到一丝恐惧。无论怎么努力回忆，加代的模样却始终无法清晰浮现出来。这种由头脑空荡荡产生的焦虑，有时会被感伤所冲淡。现在也是如此，信吾仿佛看到加代跪坐在门口，双手着地，稍微前倾身子说：“是磨伤了吧？”

想到这个女佣在家待了半年，最后却只因门口送别的一幕才在记忆中留下些许印象，信吾不禁感到自己的人生在渐渐消逝。

（二）

尾形信吾的妻子保子比他大一岁，今年六十三岁。他们育有一子一女，大女儿房子已经有了两个女儿。

保子显得比较年轻，看起来没丈夫年纪大，这并不是因为信吾已经很显老了，只是按照常理，人们会觉得妻子应该比丈夫年轻。但他们二人看起来并没有不自然的感觉，保子虽身材小巧，却健康结实，所以才看起来更年轻。

保子并不算美人，年轻时看起来比实际年龄更成熟，因此她自己也不愿与丈夫一起出门。

信吾也弄不清，不知从何时起，人们开始理所当然地觉得他们是一对丈夫年长、妻子年轻的夫妻，他估计可能是五十五岁以后，通常女性比男性老得快，但在他们身上却恰恰相反。

去年六十岁时，信吾吐了一点血，似乎是从肺部咳出来的，可他既没有去做详细的检查，也没有特意调养，之后身体倒也一直没有出现问题。

信吾的身体并没有因此而衰老，相反，他的皮肤甚至变得更细腻了。当时他卧床了半个月，眼睛和嘴唇的颜色却显得比之前更年轻了。

信吾过去从没觉得自己有结核病。六十岁时第一次吐血，总有一种阴郁和不祥的感觉，所以他不愿去看医生。修一认为这是老人的固执，但信吾自己却并不这么认为。

或许因为身体健康，保子睡觉很沉。信吾有时会在半夜被保子的鼾声吵醒。他记得保子十五六岁时就有打鼾的毛病，听说她的父母为了纠正她这个毛病费了不少心思。不过结婚以后，打鼾的毛病消失了，可是五十岁以后又复发了。

遇到这种情况时，信吾会捏住保子的鼻子摇晃几下，如果不见效，就会抓住她的喉咙轻轻晃动。当然，这是他心情好的时候才会这么做。如果心情不好，他就会对这个陪伴自己多年的身体产生一种厌恶感。

今晚信吾的心情不佳，他打开电灯，侧眼看着保子的脸，伸手抓住她的喉咙摇了摇。她微微渗出了一点汗。

想到如今自己只有在让妻子停止鼾声时才会触碰她的身体，信吾心中不禁涌起一种宛如失去依托般的悲凉。

他拿起枕边的杂志，随手翻了翻，却因天气闷热，干脆起身打开了一扇木板窗，蹲在那里。

这是一个月夜。

菊子的连衣裙挂在窗外，呈现出一种令人厌恶的灰白色。信吾看了一眼，心想：或许是忘记收回来了，又或许是想借夜露消散裙子的汗味儿。

“知了，知了，知了”的叫声从庭院中传来，是左手边樱花树上的蝉在鸣叫。信吾疑惑蝉怎么会发出这般怪异的声音，但听着确实是蝉。

蝉也会做噩梦吗？一只蝉突然飞了进来，停在了蚊帐的边缘。

信吾捉住了它，但它没有叫。

“哑了。”信吾喃喃道。这并不是刚刚那只会叫的蝉。

为了不再让蝉被光吸引过来，他用力将蝉向左手边樱花树的高处扔去，但蝉没有任何反应。

他扶着窗，探身向樱花树的方向望去，不知蝉是否已停落在了树上。月夜幽深，而这份幽深感竟然一直延展，仿佛通向遥远的地方。

离八月还有十天，庭院里的虫仍在鸣叫。

树叶间也隐约传来夜露滴落的声音。

就在这时，信吾突然听到了山音。

此时并未起风，月亮接近满月，光辉明亮，但在夜间潮湿的冷空气下，小山上的树木轮廓显得模糊不清，却没有在风中摇曳。

信吾所在的走廊下面，羊齿叶也纹丝不动。

在镰仓所谓的山谷深处，有时夜里能听到波浪的声音。信吾曾一度以为那是海浪的声音，但那其实是山音。

那声音有点像遥远的风声，却带着地鸣般的深沉力量，仿佛是从自己的脑海中传来。信吾一度怀疑是耳鸣，便摇了摇头。

声音停了。

声音消失后，信吾第一次感到恐惧，仿佛自己被告知了死期，不寒而栗。

他努力冷静下来，思索着那到底是风声、海浪声，还是耳鸣，但又觉得或许根本不存在这样的声音。然而，那确实是山的声音。

就像有魔鬼经过，将山体震响了一般。

山势陡峭，在夜晚湿润的气息中，山看上去如一堵漆黑的墙。只能委身于信吾家院子后的小山，说是像墙，其实更像一个竖着切开后立起来的蛋壳。

山的两侧和后方也有小山，但发出声响的似乎是信吾家的后山。

透过山顶树木的间隙，可以看到几颗星星隐约闪烁。

信吾关窗时，突然想起了一件奇怪的事情。

大约十天前，他在新建的茶屋里等客人。客人没有来，却来了一名艺伎，还有一两名艺伎没能按时到达。

“把领带解下来吧，看着就觉得热。”艺伎说。

“嗯。”信吾任由她替自己解开领带。

虽然不是熟识的艺伎，但她将领带放进壁龛旁信吾上衣的口袋后，便开始诉说自己的身世。

大约两个月前，这名艺伎曾差点儿与建造这间茶屋的木匠殉情。当她就要吞服氰化钾时，她却产生了怀疑：这剂量是否真能让二人顺利地死去?

“木匠说，这是致死剂量，绝对万无一失。为此，还将药分装成一包包，足以证明分量足够。”

但她还是无法相信。越是怀疑，就越觉得不安。

“是谁准备的药？万一有人故意调整了剂量，想让我们受苦，却没死成怎么办？问他是不是医生或药店的人给的，他却不肯说。这不是很可疑吗？反正我们都要死了，有什么不能说的？事后又不会有人知道。”

“简直像是落语里的故事啊。”信吾差点儿脱口而出，但还是忍住了。

艺伎坚持要找人称准剂量后再去殉情。

“我就这样把它带到这儿来啦。”

信吾觉得这故事荒唐至极，但“建造茶屋的木匠”这句话却让他印象深刻。

艺伎从钱包里取出药包，打开给他看。

“嗯。”他只是看了看，也无法确定那是否真是氰化钾。

信吾关窗时，突然想起了那个艺伎。

信吾钻进被窝，他不能去叫醒已经六十三岁的妻子，与她述说自己听到山音时所感受到的那种恐惧。

（三）

修一和信吾在同一家公司工作，修一同时还像是父亲的“记忆记录员”。

不仅是修一，连保子，甚至修一的妻子菊子，也分担了“记录信吾记忆”的任务。全家三个人一起记录信吾的记忆。

在公司，负责信吾办公室的女职员也在帮助他记忆。

有一次，修一走进信吾的办公室，从角落的小书架上抽出一本书，随手翻了起来，然后一边“哎呀哎呀”地说道，一边走到女职员的桌前，把翻开的页面递过去给她看。

“什么事？”信吾微笑着说。

修一拿着翻开的书走到信吾面前。

……这里说的并不是所谓的“贞操观念”的丧失，而是男女双方都无法忍受各自持续爱着唯一一位伴侣所带来的痛苦。于是，为了能更轻松、更长久地继续爱着对方，他们互相寻找伴侣之外的男女，以此作为一种手段，也就是说，这是一种巩固彼此核心关系的手段……

书上写着这样的内容。

“这里说的‘这里’，指的是什么地方啊？”信吾问道。

“巴黎啊。这是一位小说家的欧洲游记。”

信吾对这样的警句和悖论已经没有了年轻时的敏锐反应，但他隐约觉得，这句话并非单纯的警句或悖论，而更像是一种深刻的洞察。

不过，修一显然并不是因为这段话而有所触动，他很可能是为了下班后带公司女职员出去，随口编了个借口展示了这段文字。这一点，信吾一下子就察觉出来了。

在镰仓车站下车后，信吾忽然想到，自己应该和修一商量好回家的时间，或者干脆比修一晚一些回家就好了。东京返程的人潮让公交车非常拥挤，信吾索性选择步行。

他在鱼店前停下脚步，向里张望了一下，店主打了招呼，他便走进了店铺。装着大虾的水桶，水已经变得浑浊，呈现一种灰白色。信吾用手指戳了戳一只伊势龙虾，那只龙虾虽然还活着，但却一动不动。海螺大量上市，于是信吾决定买几只海螺。

“您要几个？”店主问道。信吾略微犹豫了一下。

“嗯……三个吧，挑大的。”

“我帮您处理一下，好吗？”

“好。”

店主和他儿子二人用刀尖插进海螺中，将螺肉撬出来。刀刃在螺壳上刮出的刺耳声音，让信吾感到很不舒服。

他们把螺肉放在水龙头下冲洗，然后迅速切好。这时，两个年轻的女子走到店门口。

“买点什么吗？”店主边切海螺边问道。

“给我一条竹荚鱼。”

“要几条？”

“一条。”

“一条？”

“嗯。”

“一条？”

那是一条稍微大一点的竹荚鱼。店主的态度显然不够亲切，但那位女子并不在意。店主用一张小纸夹起竹荚鱼递给她。

站在后面的另一个女子碰了碰前面女子的手肘，说：“我们又不需要买鱼。”

前面的女子接过竹荚鱼后，看向伊势龙虾：“这只龙虾，周六还会有吗？我那位喜欢吃这个呢。”后面的女子什么也没说。

信吾猛地一惊，偷偷瞥了一眼那两个女子。

她们是如今常见的那种年轻妓女，后背裸露，穿着布质凉鞋，身材很好。鱼店的老板一边将切好的螺肉分装进三个螺壳，一边鄙夷道：“这种人，镰仓也越来越多了。”

鱼店老板竟然用这种口气说话，信吾感到意外，说道：“但她们也挺努力的嘛。我觉得挺让人佩服的。”

店主随意地将螺肉塞进螺壳，但信吾注意到，三只螺的肉混在了一起，而没有分别放回原本的螺壳里。不知为何，他对这种细节特别在意。

今天是星期四，距离星期六还有两天。不过最近伊势龙虾经常能在鱼店看到，信吾心想，那女子应该能买到吧。他又想，那种野性的姑娘，会怎么烹饪一只龙虾给外国人吃呢？不过，伊势龙虾不管是煮、烤，还是蒸，都是粗野而简单的料理。

信吾对那个姑娘确实心生好感，但随后又感到心里泛起了一阵难以言说的寂寥。

明明家里有四口人，他却只买了三只海螺。这并不是因为他明确知道修一今晚不会回家吃晚饭，也不是为了照顾儿媳妇菊子的情绪，只是当鱼店老板问他要几个时，他下意识地忽略了修一。

在回家的路上，信吾又在蔬菜店买了些银杏。

（四）

信吾破天荒地买了海螺回来，但保子和菊子并没有表现出惊讶的样子。

也许，她们是为了掩盖没有看见本该一起回家的修一的那点情绪。

信吾把海螺和银杏交给菊子，自己也跟着她走进了饭厅。

“给我一杯糖水。”

“好的，我这就去准备。”菊子答道。信吾却自己拧开了水龙头。

这时，他看见水池里放着伊势龙虾和大虾，顿时觉得很巧。自己原本在鱼店也想买虾，但没想到家里已经买了两种虾。

信吾看着大虾的色泽，说道：“这虾真不错啊，新鲜得很。”

菊子一边用菜刀的刀背剁开银杏，一边说道：“虽然您特意买回来了，但这银杏不能吃呢。”

“是吗？我还想着可能不是季节。”

“要不要给菜店打个电话，说两句？”

“算了。话说回来，海螺和虾放在一起，确实有点多余了。”

“就像江之岛的茶馆。”菊子吐了吐舌头，“那就把海螺带着壳烧着吃吧，伊势龙虾烤了，大虾做天妇罗。我去买些香菇，您能不能到院子里摘点茄子？”

“好。”

“挑小一点的，再摘些嫩的紫苏叶。对了，只有大虾需要放紫苏叶吧？”

晚饭时，菊子端上了两只烧好的海螺。信吾犹豫了一下，说：“还有一只海螺吧？”

“哎呀，我以为爷爷奶奶二人牙不好，两位要和睦地一起分着吃呢。”菊子说道。

“什么……别说这可怜的话。孙子都没有，怎么就成爷爷了？”

保子低下头咯咯笑了起来。

“对不起。”菊子轻轻站起来，又端来另一只海螺。

“菊子说得对，两个人和睦地一起吃不就好了嘛。”保子说道。

信吾在心里对菊子的话暗暗赞赏。关于海螺是买三只还是四只的问题，这么一来总算圆满解决了。菊子用一种天真无邪的语气说出这些话，却让人感到她并不简单。

或许菊子也想过：自己不吃，留一份给修一，或者自己和婆婆二人吃一份。

然而，保子却没能察觉信吾的心思，傻傻地问：“海螺只有三只吗？明明有四个人，您却只买了三只。”

“修一不回来，买多了干吗？”

保子苦笑了一下，但可能是因为年纪大了，连苦笑都显得不自然。菊子则不动声色，既没有露出阴郁的表情，也没有问修一去了哪里。

菊子是八个兄弟姐妹中最小的一个。她的哥哥姐姐们都已经结婚，家里孩子成群。每次想到菊子家族那种旺盛的繁衍能力，信吾总是感慨万分。菊子经常抱怨信吾记不住她的哥哥姐姐们的名字，更别提一大群侄子侄女了。

菊子出生时，她的母亲本想着不需要再生孩子了，也以为不会再有孩子了，因而为此感到羞愧，甚至自责不已，还试图堕胎，但没有成功。最终，菊子出生时难产了，她的额头被钩子拉出了一道疤痕。

菊子说，这是她从母亲那里听来的，她把这些故事讲给信吾听。

信吾无法理解，做母亲的为什么要将这种事告诉孩子，菊子又为什么能对公公随口说出这些事。

菊子甚至会用手轻轻拨开刘海儿，露出那道淡淡的疤痕。从那以后，每当信吾注意到菊子额头上的疤痕时，总会感到一丝怜爱。

然而，菊子确实是作为家中最小的孩子成长起来的。与其说被溺爱着长大，不如说是受到所有人的温暖呵护。她身上确实稍微有些脆弱之处。当菊子刚嫁过来时，信吾注意到，她在无意间的动作中透出一种美感，仿佛带着新的媚态。菊子瘦削而白皙的脸庞时常让信吾想起保子的姐姐。

少年时，信吾曾暗恋过保子的姐姐。在姐姐去世后，保子去了姐姐的夫家帮忙，照顾姐姐留下来的孩子，不辞劳苦，尽心竭力。

保子当时希望嫁给姐夫，一方面是因为喜欢英俊的姐夫，另一方面也是因为她对姐姐怀有深深的仰慕之情。姐姐是个美人，甚至美到令人难以相信她们是同胞姐妹。保子觉得，姐姐和姐夫简直是理想中的一对。

保子无微不至地照顾姐夫和孩子，但姐夫却假装看不透她的心意，依然放纵自己四处游玩。保子似乎甘愿牺牲自己，过着奉献一生的生活。信吾知道了这些事情后，决定娶保子为妻。

三十多年之后，如今的信吾并不觉得自己的婚姻是个错误。漫长的婚姻并不完全由最初的开始所决定。然而，保子的姐姐依然是夫妻二人心底的隐秘存在。尽管信吾和保子从来不提姐姐，但他们并没有真正忘记她。

当菊子嫁入这个家时，信吾的记忆中仿佛被一道闪电照亮。这种情感并不算病态。

然而，修一和菊子结婚不到两年，就已经有了别的女人，这让信吾非常震惊。和信吾在乡下度过青春时代的情感困境完全不同，修一既不为情欲所困，也没有陷入爱情的苦恼，一切都显得轻松从容。信吾甚至不知道修一第一次接触女人是什么时候。

信吾猜测，修一现在的女人应该是个艺伎，要么就是妓女。他觉得，修一带女职员出去，说不定是为了去跳舞，也许也是为了遮掩父亲的耳目。

信吾相信，修一的情人不可能是那种年轻的小姑娘，但他隐约能从菊子的身上感受到一些变化。自从修一有了别的女人后，夫妻之间的生活似乎反而更加亲密了。菊子的身形也发生了变化。

在吃烧海螺的那晚，信吾半夜醒来，听到菊子不同寻常的声音。

信吾觉得，菊子应该还不知道修一另有新欢。

"一只海螺，足够表示父母的歉意吗？"他差点儿低声说出口。

然而，菊子即使毫不知情，那个女人的存在却像浪潮一样，隐隐对菊子产生了某种影响，这究竟是什么呢？

迷迷糊糊间，天已经快亮了。信吾出门取报纸，月亮依然高挂在天上。他大致翻了一下报纸，然后又回去睡了一觉。

（五）

在东京站，修一迅速登上列车，抢到座位，然后起身让给随后进来的信吾。他把一份晚报递给信吾，从自己的口袋里取出信吾的老花镜递了过去。信吾自己也有老花镜，但常常忘记带，因此让修一随身带一副备用的。

修一俯身望向正在读晚报的信吾，说道："今天啊，谷崎说有个小学同学想出来做女佣，将这件事拜托给我了。"

"是吗？雇用谷崎的朋友，不太方便吧？"

"为什么呢？"

"那个女佣要是向谷崎打听，说不定会把你的事告诉菊子啊。"

"荒唐！有什么可说的？"

"算了，有熟人介绍的女佣也挺好。"信吾低头继续看晚报。

到了镰仓站，修一突然问道："谷崎有没有跟父亲您提起过我的什么事？"

"没说什么。是你让她守口如瓶的吧。"

"什么？您这话说的。如果父亲您办公室的职员知道了我的事，岂不是让您难堪，成了笑柄？"

"说得对。但不管怎样，你可别让菊子知道。"

修一似乎并没有要隐瞒的意思。

“是谷崎说出去的吗？”

“谷崎知道你有女人的事，却还想和你交往？”

“恐怕是吧，一半是嫉妒。”

“真是荒唐！”

“我会分手的。正准备分手呢。”

“你说的话我可听不懂。算了，这事以后再慢慢说吧。”

“等我分手后再细说。”

“总之，千万别让菊子知道。”

“嗯，不过，说不定菊子已经知道了。”

“是吗？”

信吾心情不好，缄口不语了。

回到家后，他仍旧不开心，匆匆吃了晚饭便回了自己的房间。

菊子端着切好的西瓜送了过来。

“菊子，你忘了拿盐。”保子随后也跟了过来。

菊子和保子在走廊上随意地坐下。

“老头子，菊子刚才一直喊西瓜、西瓜的，您没听见吗？”保子问道。

“没听见。不过我知道有冰镇西瓜。”

“菊子，他说没听见呢。”保子转向菊子说道。

菊子也转向保子，说道：“父亲恐怕是生气了吧。”

信吾沉默了一会儿，说道：“最近我的耳朵可能有些问题了。前些天深夜，我打开窗透气时，听到山里传来轰鸣声。你母亲却睡得很香。”

保子和菊子都望向后院的小山。

“您是说山音吗？”菊子问道，“我记得有次向母亲打听过，母亲曾说，她姐姐去世前听到了山音，母亲说过的吧？”

信吾不由得一惊，心想：自己竟忘了这件事，简直无可救药。在听到山音时，为什么没有想起这件事呢？

菊子说完后似乎也有些担心，优美的双肩一动不动。

蝉翼

（一）

女儿房子带着两个孩子来了。大的四岁，小的刚满周岁，按这个间隔算，后面应该还会隔一段时间再要孩子。信吾不经意地说：“还会再生吗？”

“哎呀，父亲，真讨厌！上次您不也问过同样的话吗？”

房子立刻把小的翻过身来，解开襁褓，问道：“菊子小姐还没有动静吧？”这话也像是随口一说，但菊子俯身看着婴儿的脸，蓦然沉了下来。

“就让这孩子这样躺一会儿吧。”信吾说。

“她叫国子，不是什么‘这孩子’。不是父亲您起的名字吗？”

似乎只有信吾察觉到了菊子的神色，但他并未放在心上，只是满怀慈爱地看着从襁褓中解放出来的婴儿那裸露的小腿乱蹬一气。

“就这样让她待着吧，看起来挺舒服的，大概是觉得太热了。”保子说道，同时挪近一步，用手轻轻拍着婴儿的小腹和大腿，像是在给婴儿挠痒痒。

“母亲和姐姐一起去浴室擦擦汗吧。毛巾呢？”菊子起身问道。

“我带了。”房子回答，显然她打算在家里住几天。

房子从包袱里拿出手巾和换洗衣物，她的长女里子紧紧贴在她背后，默默地站着。这个孩子自来到这里后一句话都没说。从后面看，里子浓密的黑发格外引人注目。

信吾认出了房子的包袱布，想起它是从家里被带走的，但也仅此而已。

房子是背着国子，牵着里子的手，拎着包袱，从电车站步行而来的。信吾心里不由得叹了口气。里子不是个省心的孩子，像这样牵着她走路，她满心不高兴，当母亲遇到困惑或力不从心时，她反而越发磨人。

信吾心想：儿媳妇菊子总是衣着得体、注意打扮，而女儿过得这么辛苦，不知道保子会不会感到难堪。

房子去了浴室，保子抚摸着国子因闷热而微微泛红的大腿内侧说："这孩子看起来倒比里子更结实些呢。"

"可能是因为她在父母不和后才出生的吧。"信吾答道，"里子出生后，父母感情不好，大概受了影响吧。"

"四岁的孩子能懂这些吗？"

"懂的。是会有影响的。"

"我觉得这和天性有关，里子生来就这样……"

正说着，婴儿意外地翻了个身，忽然爬起来，抓住拉门站了起来。

"哎呀！"菊子张开双臂扑过去，托住了婴儿，随后扶着她走向隔壁房间。

保子蓦地站起身，捡起房子放在行李旁的钱包，打开看了看。

信吾压低声音，但颤抖着说道："住手！"

"为什么？"保子显得很平静。

"我让你住手就住手！这算什么行为！"

信吾的手指微微颤抖着。

"我又不是要偷东西。"

"比偷东西更恶劣！"

保子将钱包放回了原处，但依旧坐在那里，说："关心女儿的情况，怎么就不行了呢？回娘家来，要是连孩子的点心都买不起，这才让人担心呢。我也想知道房子家里的情况啊。"

信吾怒视着保子。

这时房子从浴室出来了，保子立刻像告状似的说道："房子，我刚才看了你的钱包，被你父亲骂了一顿。如果你觉得我这样做不好，我向你道歉。"

"有什么不好的？"

保子用这样的口吻和房子说话，信吾更厌恶了。

信吾也暗自思忖：也许正像保子所说的，或许在母女之间，这种事情并不算什么。然而他一生气就身体发颤，年纪大带来的疲惫从深处涌向全身。

房子偷偷地看了看信吾的表情，相比母亲翻看她的钱包这件事，她似乎更震惊于父亲的震怒。

"随便看吧，尽管看。"房子用不在乎的口吻说道，接着把钱包丢在母亲膝前。

这一举动再次让信吾心生不快。

保子并没有伸手去拿钱包。

"相原以为我没钱就逃不掉，所以里面什么都没有。"房子说道。

菊子正扶着国子练习走路，婴儿忽然腿脚一软摔倒了，菊子赶紧抱起她。

房子撩起自己的衬衫给孩子喂奶。

虽然房子的长相并不出众，但她的身材很好，胸形也没有因生育而走样。乳汁充足，乳房胀得很大。

“今天是周日，修一怎么出去了？”房子问起弟弟的事。

她似乎注意到需要缓和父母之间的尴尬气氛。

（二）

信吾快走到家时，抬头望向邻居家的向日葵。

他边看边走到了花下。向日葵种在门旁，花朵垂向门口的方向，于是信吾看起来像是在挡着这家人的出入。

这家的一个女孩正好回来，站在信吾的身后等着。其实她完全可以从信吾身旁绕过去进门，但因为认识信吾，所以选择在一旁等候。

信吾注意到女孩，开口说道："这花真大啊，真是壮观。"

女孩有些害羞地笑了笑，说："只留下这一朵花。"

"只留一朵啊，怪不得开得这么大。花开了很长时间吧？"

"嗯。"

"大概开了多少天呢？"

十二三岁的女孩一时回答不上来，一边思索一边看向信吾，然后又和信吾一起抬头望向花。女孩晒得黝黑，脸圆圆的，手脚却有些瘦削。

信吾准备给女孩让路，他向对面望去，发现前面两三户人家也种着向日葵。

那边的向日葵一株上开了三朵花，花的大小只有女孩家这一朵的一半大，且都开在茎的顶端。

信吾正准备离开，又抬头望了望那朵向日葵。这时菊子的声音从背后传来：“父亲！”

菊子已站在信吾身后，菜篮子边儿露出一把毛豆。

“您回来了。您在看向日葵吗？”

信吾心里有点别扭，他觉得，与其说是自己在看向日葵，不如说是自己没和修一一起回来，却在离家这么近的地方看起了向日葵的事情，可能更让菊子觉得不妥。

“这花真是好看啊，”信吾说道，“像个伟人的脑袋。”

菊子微微点了点头。

“伟人的脑袋”这个比喻是信吾突然想到的，他原本并没有这么联想。不过说出口之后，信吾深刻地感受到了这朵向日葵的巨大与沉甸甸的力量，以及它井然有序的结构。

花瓣就像冠冕边缘的装饰，花盘的主体则由密密麻麻的花蕊组成，紧密排列，形成一个隆起的圆，花蕊之间却没有一丝争夺之意，整齐而安静，却又充满力量。

这朵花的直径比人类的头颅还大，那种秩序井然的重量感让信吾一下子联想到了人类的大脑。

同时，这种蓬勃的自然力量也让他突然想到了男性的雄壮特征。他虽然不清楚花盘上的雄蕊和雌蕊具体是如何分布的，但心中莫名涌起一种阳刚之感。

夏日的阳光渐渐消退，微风停歇，四周静谧。花盘周围的金黄色花瓣仿佛带着女性的柔美。

菊子站在旁边，信吾突然觉得自己的想法有些奇怪，于是离开了向日葵，迈开步子往家走去。

“我最近脑子特别迷糊，看向日葵都能想到脑袋的事。人的脑袋能不能也像向日葵那样清晰整洁呢？刚才在电车上，我还在想，要是脑袋也能拿去清洗或修理就好了。把脑袋从脖子上割下来，这样说有点粗暴了吧？我想的是把脑袋轻轻地从身体上摘下来，像洗衣服一样送到大学医院，‘麻烦帮我洗洗这个’，医院把脑子清洗干净，修理修理坏掉的地方，而我这身体就好好躺三天或一个星期，既不翻身也不做梦，好好睡个踏实觉。”

菊子垂下眼帘，说道：“父亲，您大概是太累了吧。”

“没错。今天在公司接待客人时，拿了一支烟，抽了一口放下，接着又点了一支，再放下。回过神来，发现烟灰缸里躺着三支几乎一样长的香烟，还冒着烟，真是太尴尬了。”

信吾在电车上确实幻想过“洗脑袋”的情景，但相比被清洗干净的大脑，他更向往那沉睡的身体——被摘掉头颅的身体安安稳稳地睡着，那种休息才是真正的解脱。他确实已经疲惫不堪了。

今天凌晨，他做了两次梦，梦里都出现了死人。

“要不要休个避暑假呢？”菊子问。

“我在想，要不要去上高地看看。反正也没地方可以寄存脑袋，去山里散散心吧。”

“您去好啦。”菊子带点玩笑的语气说道。

“哦，不过房子现在在家，好像也是特意来这里休息的。房子会觉得我在家好呢，还是我离开更好呢？菊子，你怎么看？”

“哎呀，您真是位好父亲，姐姐真令人羡慕。”

菊子的语气有点奇怪。

信吾是想吓唬一下菊子，还是想分散她的注意力，掩饰没和修一一起回家的事实呢？他虽然并非有意，但多多少少也给人留下了这样的印象。

“喂，刚才那句话是在讽刺我吗？”信吾淡漠地问道。

菊子吓了一跳。

“房子变成那样，我也算不上什么好父亲吧。”

菊子不知如何作答，脸一下子红了，一直红到耳朵根。

“这又不是您的错。”

菊子的话语里透出一种温柔的安慰，让信吾感到心头微微一暖。

（三）

信吾不喜欢喝冷饮，即使在夏天也如此。这是因为保子一直不让他喝冷饮，不知不觉中，他便养成了这个习惯。

无论是早晨起床，还是从外面回来，他总是先喝上一大杯热腾腾的粗茶。这是菊子非常体贴地为他准备的。

那天，观赏向日葵回来后，菊子也第一时间为他泡好了粗茶。信吾喝了一半，换上浴衣，拿着茶杯走到檐廊，边走边小口啜饮。

菊子随后拿来了冷毛巾和香烟，又为他的茶杯添上热粗茶。站了一会儿，她又去给他取了报纸和老花镜。

信吾用冷毛巾擦了脸，却懒得戴上老花镜，只是望着庭院。

庭院的草坪荒芜不堪，在远处的角落处，一簇簇的胡枝子和芒草像野生植物般肆意生长。

在胡枝子的另一侧，蝴蝶翩翩飞舞。透过胡枝子青翠绿叶间的缝隙，蝴蝶的身影忽隐忽现，仿佛有好几只。信吾专注地盯着这些蝴蝶，期待着它们飞上胡枝子枝头或从侧面飞出。然而，它们始终在胡枝子后面翩然飞舞，似乎不愿露面。

看着看着，信吾不由得觉得，在那片胡枝子后面，好像隐藏着一个小小的世界。在胡枝子叶间闪动的蝴蝶翅膀，异常美丽。

他突然想起几天前接近满月的夜晚，从后山的树林间透出的点点星光。那时的景象依稀浮现在脑海中。

这时，保子来到檐廊坐下，一边摇着团扇，一边问：“今天修一还是很晚回来吗？”

“啊。”信吾回答着，目光依旧注视着庭院。

“那边的胡枝子后面，有蝴蝶在飞舞。看到了吗？”信吾问。

“嗯，看见了。”

但蝴蝶仿佛不喜欢被保子发现似的，这时候，它们飞到了胡枝子上方。总共三只。

“竟然有三只啊，是凤蝶吧。”信吾说道。

在凤蝶的品种里，这几只是小凤蝶，色彩也并不鲜艳。

随后，蝴蝶飞过木板围墙，划出一道斜线，飞到了邻居家的松树前。三只蝴蝶紧密排成一列，保持着间距，从松树中部迅速飞上了树梢。那棵松树未经修剪，直直地伸向苍穹。

过了一会儿，一只凤蝶不知从何而来，低低地掠过庭院，擦过胡枝子的顶端飞走了。

“今天早晨醒来前，我两次梦见了死人。”信吾对保子说，“梦到辰巳屋的大叔请我吃荞麦面。”

“你还真的吃了他的面吗？”保子问。

“嗯？吃了吗？我也不清楚。吃了会有什么问题吗？”

信吾忽然想到，梦里吃了死人提供的东西，不知道会不会有什么不好的预兆。

“吃没吃呢？好像没吃吧。记得面端上来了，是一盘荞麦冷面。”

他回忆起，梦中自己并没有吃面，就醒了过来。

那是一盘摆在竹制笊篱上的荞麦冷面，四方形的漆器外黑内红，连面条的颜色，他到现在都还能记得清清楚楚。

他不确定梦中是否真的存在颜色，或者是醒来后才赋予了它颜色。但无论如何，如今他唯一清晰记得的，就是那盘荞麦冷面，其他一切都模模糊糊。

面就直接放在榻榻米上，信吾似乎站在它前面，辰巳屋的一家人则坐着，看上去没有人用坐垫。信吾站在那里，显得有些奇怪，但他确实是站着的。他对这个梦的记忆，只有这些模糊的片段。

他从这场梦中醒来时，记忆还很清晰。再度入睡后，到今天早晨醒来，他还能记得更多的细节。然而到了傍晚，他几乎什么都不记得了，只剩下那盘荞麦冷面的影像隐约浮现，梦的前后情节已无影无踪了。

辰巳屋的大叔是个木工师傅，年过七旬，三四年前去世的。信吾很喜欢他那种古老匠人的气质，曾请他做过一些家具。但他们之间并不算十分亲近，没有达到三年后还能梦见他的程度。

梦中出现荞麦冷面的场景，似乎是辰巳屋的工作间后面的饭厅。信吾以前曾站在工作间，与饭厅里的老人交谈，却从未真正踏入过饭厅。为何会梦到被请吃面，他无从得知。

辰巳屋大叔有六个孩子，全是女儿。

信吾隐约记得，梦中自己接触了一个女子，但究竟是不是辰巳屋大叔的女儿，他已无法确定。他只记得有过接触，却完全不记得对方是谁，甚至没有任何细节能够作为线索。

梦醒时，他似乎还清楚地知道那女子是谁，早晨第二次醒来时也可能记得。但到了傍晚，他对那女子的身份已毫无头绪。

他猜测，既然梦是辰巳屋那个梦的延续，那女子可能是他的一个女儿吧。但他一点实感都没有。首先，信吾的脑海中根本浮现不出辰巳屋姑娘们的身姿。

接触那女孩是先前那个梦的延续，这是千真万确的。但不记得是在荞麦冷面之前还是之后了。就像醒来时，荞麦冷面在脑海中的印象最为清晰，现在他还记得。虽然接触女子的震惊感打破了美梦，但这难道不正是梦的一般规律吗？

话虽如此，实际上并没有什么把他惊醒的刺激。

梦的内容支离破碎，女子的形象完全消失，连一点痕迹都无法浮现。此刻，他所记得的，只是那种模糊的感受——身体的不适感，空虚的失落感，仿佛得不到答案，精神恍惚。

信吾从未在现实中经历过这样的女子。虽然不知梦中的她是谁，总之是个女孩子，但他知道这并非现实。

信吾六十二岁了，偶尔做这样的梦也算稀奇。更让他不解的是，那梦境中的一切，竟然如此无趣平淡，连“淫靡”都算不上。

这个梦之后，他很快再次入睡，又做了另一个梦。

梦里，肥头大耳的相田提着一壶酒，登门拜访。他喝得酩酊大醉，毛孔张开，满脸通红，举止间尽显醉态。

关于这个梦，他只记得这些片段。他也不确定梦里的家，是现在住的这所，还是以前的老宅。

相田是信吾那家公司十年前的董事，去年因脑出血去世。近年来，他身体逐渐消瘦。但梦中的相田，却是他过去魁梧的模样。

“后来又做了个梦，这次梦见相田提着一壶酒，来我家了。”信吾对保子说。

“相田先生？他可不喝酒啊，真奇怪。”保子回应。

“是啊，相田有哮喘，脑出血发作倒下时，也是因为痰堵住了喉咙才去世的。他从不喝酒，倒是经常随身带着药瓶。”

然而，梦中的相田却带着酣醉的气息，步伐坚定地向他走来，那模样清晰地浮现在信吾脑海中。

“那你和相田一起喝酒了吗？”保子问。

“没有。他朝我这边走来，刚到我面前，我还没等他坐下，就醒了。”

“真讨厌啊，梦到两个去世的人。”

“他们是来接我的吧？”信吾说道。

到了他这个年纪，许多亲近的朋友都已离世，梦里见到故人也许是理所当然的事。

不过，无论是辰巳屋还是相田，在梦中都不是以死者的身份出现的，而是以活生生的姿态出现在他眼前。

梦里，他们的面容比现实中的记忆更加清晰。相田醉红的脸庞，实际上是不存在的，可甚至连毛孔扩张的细节，他都记得一清二楚。

但奇怪的是，同样在梦里，他接触过的那个女子，却连影子都无法浮现，甚至记不起是谁。为什么会这样呢？

信吾怀疑，是否自己内心有愧，刻意忘却了这一切。但事实并非如此。他并未醒到足以进行道德反思的程度，就又睡着了，他只是感到一种淡淡的失落。

为何会在梦中感受到这样的失落，信吾自己也觉得莫名其妙。

当然，他没有对保子提起关于女子的梦。

饭厅里，传来了菊子和房子正在准备晚饭的声音，她们的声音似乎有些过高。

（四）

夜晚，总有蝉从庭院的樱花树上飞进屋里。

信吾走到庭院，顺便来到那棵樱花树下。

蝉飞向四面八方，响起了一阵翅膀拍动声，信吾不禁为蝉之多感到惊讶，同时也被那巨大的声响震撼。那声音就像成群的麻雀振翅飞翔似的。

他仰望着那棵高大的樱花树，发现仍有蝉不断腾空飞起。

满天云朵正向东飘去，天气预报说：第二百一十天[①]平安无事。但信吾觉得，今晚或许会风雨交加，带来降温。

菊子走了过来。

“父亲，您怎么了？听到蝉叫得这么厉害，还以为出了什么事情。”

“这声音，真是像出了什么事故一样。人们常说水鸟振翅的声音惊人，但蝉的翅膀声也让我大吃一惊。”

菊子的手上捏着一根穿着红线的针，说道：“比起翅膀的声音，那种像是惊恐的鸣叫声更吓人呢。”

① 第二百一十天：日本节气，台风多发期。

“我倒是对鸣叫声没太注意。”

信吾转头看向菊子所在的房间，看到她正在缝制一件孩子的红色衣服，那是用保子多年前一件长汗衫的布料改制的。

“里子还是把蝉当玩具吗？”信吾问道。

菊子微微点头，似乎只是动了动嘴唇，“嗯”地应了一声。

对于东京来的里子来说，蝉是稀奇的东西。也可能是由于她的性格，起初她非常害怕蝉，但房子剪掉了一只秋蝉的翅膀递给她后，她便不再害怕了。从那以后，里子每次抓到秋蝉，就会跑去找保子或菊子，要她们帮她剪掉蝉的翅膀。

保子对此颇为反感。她曾抱怨，房子以前可不是会做这种事的人，还说是房子的丈夫把她带坏了。

有一次，保子看到一群红蚂蚁拖着一只失去翅膀的秋蝉，她瞬间脸色苍白。

平时，保子对这种事情是无动于衷的，所以信吾觉得她的反应既可笑又让人无奈。

不过，保子之所以如此恐惧不安，或许是因为受到某种不祥预感的困扰。信吾心里明白，问题并不在蝉身上。

里子内向且固执，即便大人妥协了，帮她剪掉了蝉的翅膀，她仍然不满足。她佯装悄悄将刚刚剪了翅膀的秋蝉藏起来，其实是把秋蝉扔到了庭院里，眼神很阴沉。她知道大人们在注视着她。

据说房子每天都会向保子抱怨，但一直没有提到什么时候回去。信吾猜测，她可能还没有鼓起勇气说出真正的问题。

每晚，保子都会在上床后，把当天女儿房子的抱怨转述给信吾听。信吾大多只是随意听着，却隐隐觉得房子似乎还有什么话没有说出口。他想着，或许该由父母主动开口替她分忧，但房子已经出嫁多年，如今三十岁了，身为父母也不可能再像从前那样轻易介入她的生活。而且，要接纳一个已经有孩子的女儿回来，也并非易事。于是，事情一拖再拖，只能静观其变。

“父亲对菊子倒是温柔得很呢。”房子曾经这么说道。

那是吃晚饭时，修一和菊子也都在。

“是啊，我觉得我对菊子也挺温柔的。”保子回应道。

房子的话并不是需要回应的语气，但保子还是回答了，语气中虽然带着笑意，却有压制她的意味。

“毕竟她对我们也很好啊。”

菊子受了夸奖，害羞得脸红了。

保子也说得很诚恳，但这话听起来却像是在讽刺自己的女儿。

就好像她偏爱看起来幸福的儿媳妇，却厌恶自己那看起来不幸的女儿，甚至让人怀疑是否带着某种残忍的恶意。

信吾觉得，这或许只是保子的自我厌恶情绪体现了出来，他自己也有类似的情绪，但没想到保子，作为女性，作为年迈的母亲，也会将这种情感爆发在自己可怜的女儿面前。对此，信吾感到有些意外。

“我可不同意，她对丈夫倒是一点也不温柔。”修一插了一句玩笑，但没有人笑出来。

信吾对菊子很温柔，不仅修一和保子清楚，连菊子自己也明白，只是谁也没有特意说出来，但被房子一说，信吾却感到一阵落寞。

对信吾来说，菊子就像是他沉闷家庭生活中的一扇窗。当亲人无法如他所愿，甚至他们自己也无法在这个世界上如愿以偿时，那种沉重便越发压在信吾的身上。只有看到年轻的菊子时，他才能稍稍感到慰藉。

他的所谓“温柔”，只是他那阴郁孤独中微弱的一点光亮罢了。若他任由自己沉溺在这种情绪中，对菊子的关怀便会带上一点甜蜜的自我安慰。

菊子不会对信吾的年纪和心理深加揣测，也不会对他有所警惕。

然而，房子那番话却让信吾觉得自己的这一点秘密仿佛被揭破了。

这件事发生在三四天前吃晚饭的时候。

如今在樱花树下，信吾忽然想起了里子和蝉的事情，也想起了房子当时的话。

“房子在午睡吗？”

“是的，她刚哄国子睡着。”菊子看着信吾答道。

“里子倒是有趣啊。房子哄小宝宝睡觉时，她自己也会跑过去，靠着母亲的背睡着。那时候倒是特别乖。”

“真是可爱。”

“外婆不喜欢这个外孙女。不过，等她十四五岁，说不定会像外婆一样打呼噜呢。”

菊子愣住了。

菊子回到刚才缝制衣服的房间里，信吾转身要离开，准备去别的房间。就在这时，菊子叫住了他。

“父亲，听说您去跳舞了？”

“什么？”信吾回过头，非常讶异，“这事都传开了？真是想不到。”

前天晚上，信吾和公司的一名女职员谷崎英子去了舞厅。

今天是星期天，所以一定是昨天英子告诉了修一，而修一又告诉了菊子。

信吾很久没有去过舞厅了，这次英子听到邀请时显然有些惊讶，甚至有些不安。她担心信吾的举动会引起公司内的闲话，但信吾让她保密。然而，看起来英子第二天就告诉了修一。

修一早已从英子那里听说了，可这两天对信吾一直佯装不知，看来他倒是很快就告诉了他的妻子菊子了。

因为修一似乎经常和英子一起去跳舞，信吾也想去看看，他怀疑修一在舞厅里还有别的女人。

结果到了舞厅，发现自己根本无法一下子就找到那样的女人，也没有心思向英子打听。

英子似乎因为和信吾一同前往而感到兴奋，脸颊微红，显得有些失态，这让信吾觉得她既危险又可怜。

英子年芳二十二，乳房却只有巴掌大。信吾蓦地想到春信[1]的春画来。

但是看到四周杂乱无章，想到自己居然在这种时候想到春信，确实有点滑稽可笑。

“下次带菊子一起去吧。”信吾说。

“真的吗？请一定带我去。”菊子的脸从刚才叫住信吾时就开始泛红。

菊子是否察觉到，信吾去舞厅的真正目的是想确认修一是否在那里有其他女人？

信吾觉得被菊子知道自己去跳舞也没什么，可因为他另有盘算，觉得修一的情人会在那里，所以菊子突然提及此事，他似乎有些手足无措。

---

①铃木春信（1725—1770）：江户中期的浮世绘画师，擅长画梦幻中的美人。

回到家，信吾绕到玄关，走上楼，来到修一面前，站在那里说：“喂，谷崎跟你说了？”

“这可是咱家的一条新闻啊。”

“什么新闻！你要带她去跳舞，起码给她买一件像样的夏装啊。”

“哦，父亲是觉得丢脸了吗？”修一戏谑道。

“她的衬衫和裙子看起来不太搭。”

“她有衣服的。是您突然带她去，才来不及换的。如果提前说好，她肯定会穿得更得体。”修一说完，偏过头，不再理会信吾。

信吾经过房子和两个孩子的睡房，回到饭厅，看了看挂钟。

“五点了。”他像是确认时间一样，自言自语地低声说道。

云焰

（一）

报纸上说，二百一十日应该平安无事。然而，二百一十日的前一夜，台风来了。

不过，信吾已经不记得是几天前看到那篇报道了，也许算不上天气预报吧。台风逼近，自然也有天气预报和警报发布。

“今天早点回家吧。”信吾对修一说，邀他一同回家。

女职员英子帮信吾收拾好回家的东西后，自己也匆忙整理起来。她穿上那件透明的白色雨衣，她的胸部看起来似乎更加扁平了。

自从带英子去跳舞，发现她胸部平平后，信吾反而总是注意到这一点。

英子匆匆跑下楼梯，追上信吾和修一，三人并排站在公司门口。雨势很大，英子连妆容都没时间整理。

“你家是住在哪儿来着？”信吾本想问出口，但又咽了回去。这个问题他大概已经问过二十次了，却始终记不住。

到了镰仓车站，下了车的人们纷纷躲到屋檐下，望着这风雨交加的情景。

他们走到那家门前种着向日葵的房子附近，风雨声中传来了《巴黎节》[1]的主题歌。

“她真是悠然自在啊。”修一说。

二人都知道，这是菊子在放丽丝·高蒂[2]的唱片。

唱片里的歌声结束后，又从头重复播放了一遍。

歌声大约进行到一半时，隐约听到了拉雨窗的声音。

二人还能听到菊子一边关雨窗一边跟着唱片哼唱的歌声。

因门外传来的风雨声和歌声，菊子没注意到二人已经回家，直到信吾和修一进了玄关，她才发觉。

“真是糟糕，鞋子里都灌满水了。”修一站在玄关脱下袜子说道。

信吾则全身湿透地走了进去。

“啊，欢迎回家。”菊子迎了上来，脸上满是喜悦。

修一随手将捏着的湿袜子递给了菊子。

“哎呀，父亲也淋湿了吧？”菊子说道。

唱片播放结束后，菊子又将唱针放回起点，随后抱起二人湿透的外衣站了起来。

修一一边系腰带一边说：“菊子，唱片放得这么大声，整个邻里都听得见，真悠闲啊。”

“我害怕嘛，就放点音乐压压惊。担心你们两个，我都坐立不安了。”菊子笑着说，但她明显受了暴风雨的感染，显得兴奋异常。哪怕是去厨房给信吾端茶的时候，她也小声哼着歌。

这本《巴黎民歌集》是修一喜欢的，特意买来送给菊子的。

修一会讲法语，菊子虽然不懂，但修一教她发音，她再模仿着

---

①1933年鲁涅库列尔导演的影片《Le Quatorze Juillet》，日文译作《巴黎节》。

②丽丝·高蒂（1900—1994）：法国女民歌手。

唱片中的歌，学得还算不错。就拿《巴黎节》中的丽丝·高蒂来说，虽然菊子缺少那种在苦难中挣扎求生的风情，但她那略显生涩的轻柔歌声，听起来也别有一番趣味。

菊子刚嫁过来时，女校的同学们送了一套世界摇篮曲的唱片作为新婚贺礼。新婚时，菊子常常播放那些摇篮曲，无人时甚至会随着唱片轻声哼唱。

信吾听了不禁心生柔情。他感叹，这是女性特有的祝福吧。菊子也好像会一边听着摇篮曲，一边陷入少女时的回忆。

“等我死的时候，葬礼上就放这套摇篮曲的唱片吧。那样就不用念经文，也不用致悼词了。”信吾曾对菊子这样说过。虽然不是认真的，但说到一半时他差点儿落泪。

然而，菊子至今尚未生育，而那套摇篮曲唱片似乎也已听腻，最近几乎没再播放。

《巴黎节》的歌声快结束时，音乐突然低了下去，随即消失了。

“停电了。”保子在饭厅里说。

“停电了呢，今天估计不会再来电了。”菊子关掉了电唱机，说道：“母亲，我们早点吃饭吧。”

吃饭时，细小的烛火被贼风吹灭了三四次。

风雨声中，似乎还能听到大海的低鸣，而那海鸣声比风雨声更让人感到恐惧。

（二）

枕边熄灭的蜡烛散发出的气味萦绕在信吾的鼻尖，久久不散。

房屋有点摇晃，保子在床上摸索着找到了火柴盒，轻轻晃了几下，像是确认，又像是要让信吾听见。

而后，她又去找信吾的手，不是握手，只是轻轻地碰了一下。

“没事吧？”

“没事，就算外面有什么东西被吹飞了，我们也不能出去。”

“房子的家没事吧？”

“房子的家？”

信吾差点儿忘了这事。

“应该没事吧。暴风雨的夜晚，夫妻俩大概早就亲密地上床睡觉了。”

“能睡得着吗？”保子岔开话题，不再言语。

修一和菊子的说话声传了过来，菊子在撒娇。

过了一会儿，保子继续说道：“房子家有两个小孩呢，跟咱们家不一样。”

“还有，她婆婆的腿脚不好吧？神经痛怎么样了？”

“是啊是啊，真要逃命的话，相原还得背着她母亲呢。”

“腿完全不能动了吗？”

“听说是能动，不过，这种暴风雨……他们家真让人担忧啊。”

六十三岁的保子说出“真让人担忧啊”这种话，信吾感觉有些好笑。

“到处都让人担忧啊。”信吾说道。

“报纸上说，女人一生会梳许多种发型，真是说得妙。”

“是什么报纸上说的？”

保子说，那是最近一位女画家的悼文开头写的。写悼文的是一位男画家，他在开头写女人一生会梳许多种发型，但正文却反其道而行，说那位女画家从二十多岁到七十五岁去世的五十年间，一直梳着一种全发发型①。

保子对那位一辈子只梳全发发型的女画家感到佩服，但她抛开这一点，却对“女人一生会梳许多种发型”这句话感慨万千。

保子有个习惯，就是会把每天的报纸攒上几天再翻看，所以经常在不经意间提起一些不知是哪天的内容，再加上她每晚九点都认真听新闻解说，偶尔会冒出些让人意想不到的话题。

“房子接下来也会梳各种发型吧。”信吾试探性地说。

“可不是嘛，女人嘛。不过，房子这一代的发型变化，大概不及我们这一代曾梳过的日本传统发髻来得丰富了。若是房子有菊子那么漂亮，常常变换发型倒也有趣。”

“你呀，房子来的时候，你对她可够冷淡的。别以为房子不是绝望地回去的。”

“这不都是因为你的态度传染给我的吗？你只偏爱菊子。”

---

① 全发发型：即将所有的头发都缠在头顶的梳子上的一种日本发型。

“没有这回事。你这是胡说八道！”

“别不承认。你以前就讨厌房子，只喜欢修一，不是吗？你就是这样的人。就算到了现在，修一在外面有了女人，你也不说一句重话。你对菊子倒是体贴得过分，反而让人觉得残忍。菊子觉得对不起你，连嫉妒都不敢有。真是郁闷啊。还不如让台风把一切都吹得干干净净算了。”

信吾愕然，但面对保子越发激烈的话语，也只能说：“你简直像台风一样。”

“是啊，我就是台风。房子都那个年纪了，现今这个时代，还要指望父母替她开口提出离婚，那就是懦弱。”

“未必吧。但事情已经到离婚的地步了吗？”

“比起这个，我更在意的是，不得不接回房子和她两个孩子时，你那副郁郁寡欢的表情，总在我眼前晃来晃去。”

“是你自己明显地露出了嫌恶的表情吧。”

“那是因为你有偏爱的菊子啊。不过，就算撇开菊子不说，我心里也确实不痛快。有时候菊子说点或做点什么，我还能觉得心轻松些；但换成房子，就只感到沉重……房子出嫁前，还没这种感觉。明明是自己的女儿和外孙，为什么做父母的会变成这样呢？真可怕。一定是被你影响了。”

“你比房子还懦弱。”

“刚才那句是假的，说你影响我只是开个玩笑，我还吐了吐舌头呢，只不过在黑暗里你看不见吧。”

“真是个伶牙俐齿的老太婆，简直拿你没办法。”

“房子挺可怜的。你应该也觉得她可怜吧。”

“要接就接回来吧。”信吾说。

他像是想起了什么："前几天，房子带来的那个包袱皮……"

"包袱皮？"

"嗯。那个包袱皮，我觉得很眼熟，但一时没想起来。那是咱家的吧？"

"是那个棉布的大包袱皮吧？那是房子出嫁时，用来包梳妆台镜子的。镜子挺大的。"

"哦，是这样啊。"

"看到那个包袱皮，我就不痛快。像那种东西，干吗不装进新婚旅行时用的衣箱里，非要提回来。"

"衣箱太重了。带着两个孩子，哪里还顾得上体面。"

"可咱家还有菊子在呢。那个包袱皮，我出嫁时也用来包过东西。"

"是吗？"

"那包袱皮比那会儿更早呢，应该是我姐姐的遗物。她去世后，用它包着盆栽送回了娘家。是一盆很大的枫树盆栽。"

"哦，是吗？"信吾平静地答道，但脑海中却浮现出一幅满树红叶的景象。

保子的父亲在乡下，是个盆栽爱好者，尤其钟爱枫树盆景。保子的姐姐经常被叫去帮父亲照料盆栽。

在狂风暴雨的呼啸声中，信吾躺在床上，想起保子的姐姐站在盆栽架间的身影。

父亲大概是将一盆盆栽作为嫁妆送给了出嫁的女儿，也可能是女儿自己想带走的。但女儿去世后，盆栽作为父亲的珍爱之物，加上婆家也无人打理，便被送回了娘家，或许是父亲主动取回的。

信吾此刻脑海中那盆满树红叶的枫树盆景，正是放在保子家佛堂里的那盆。

想到这里，信吾忽然觉得，保子的姐姐可能是在秋天去世的。信浓的秋天来得早。

然而，儿媳妇刚去世，婆家就将盆栽送回去，真的会这么快吗？红叶如此鲜艳地摆放在佛堂里，未免太过巧合。或许这只是追忆中的乡愁幻想罢了。信吾并不确定。

保子姐姐的忌日，信吾早已忘记。

不过，他不打算向保子询问。

“我从没帮父亲照料过盆栽。也许是因为我的性格问题，但更可能是父亲偏爱姐姐吧。我也很敬佩姐姐，倒不是说心生嫉妒，而是觉得自己做得不如姐姐好就很羞愧。”保子曾这样说过。

每当提及信吾对修一的偏爱时，这段话总会被提起来。

“我大概也有点像房子吧。”保子有时会这样说。

信吾惊讶于原来那块包袱皮也承载着保子姐姐的记忆，但既然话题已经聊到了姐姐，他索性保持了沉默。

“该休息了吧？上了年纪的人不容易睡着啊。”保子说。

“这场暴风雨，让菊子能笑得那么开心……一口气放了好几张唱片，我觉得她真可怜。”

“你呀，这跟你刚说的话有矛盾啊。”

“别这么说了，你这人。”

“我才该说这句话吧。难得早睡一次，却被你数落了一顿。”

信吾脑海中的那盆红叶枫树盆景依然灿烂。

他忽然想到，自己少年时曾对保子的姐姐抱有憧憬，而在与保子结婚三十多年后，这段情感是否依然是未愈的旧伤呢？满脑子的红叶似乎回答不了这个问题。

比保子晚一个小时才入睡的信吾被一声巨响惊醒。

“什么声音？”

黑暗中传来菊子摸索着走来的脚步声，隔着拉门，她说道：“您醒了吗？神社安放神舆的小屋屋顶的铁皮，似乎被吹到咱家屋顶上来了。”

（三）

神舆小屋的屋顶铁皮全被吹走了。

信吾家的屋顶和庭院里散落着七八块铁皮。神社的管理人一大清早就来捡了。

第二天，横须贺线也恢复了通车，信吾上班去了。

“怎么样？昨晚没睡吧？”信吾向正在给他倒茶的女职员英子说。

“嗯，没怎么睡着。”英子答道。

她聊起了她在通勤电车窗外看到的台风过后的二三件事。

信吾抽了两根烟后说：“今天不能去跳舞了。”

英子抬起头，微微一笑。

“那天跳完后，第二天早上腰疼得厉害。上了年纪真是不行了。”信吾说。

英子脸上浮现出一丝调皮的笑意，说：“您那天跳舞的时候，总是把身体向后仰，是不是因为这个呢？”

“向后仰？是吗？是不是腰都弯了？”

“您跳舞的时候啊，好像怕碰到我似的，身体总是向后仰。”

“是吗？真是出乎意料。我可没注意到。”

“可是……”

“可能是为了站直吧。我自己都没发觉。”

“是这样吗？”

“那还不是因为你们这些年轻人，跳舞时总是黏在一起，不雅观呀。”

“哎呀，瞧您说的，太过分啦！”

信吾记得，那天跳舞时，英子脸色微红，显得有些不在状态。他原以为她是失了节奏，如今回想，倒是自己太过拘谨了。

“那下次我就贴着你跳，贴近些，好吧？”信吾笑着说道。

英子低下头，忍不住轻笑道：“我陪您。不过，今天可不行。穿成这样，太失礼了。”

“我又不是说今天。”

信吾注意到英子穿着一件白色的衬衫，系着白色的缎带。

白衬衫并不稀奇，但那条白缎带让白衬衫显得更加洁白了。她用一根稍宽的缎带将头发拢成一束，扎在脑后。这副打扮，颇有点适合台风天的味道。

耳朵和耳后的发际线都露了出来，平时被头发遮住的那片苍白的肌肤显得格外干净，细小的绒毛整齐有致。

她身上穿着一条深蓝色的薄呢裙，虽然旧了，但并不显得寒酸。这身打扮让人完全忘却了她胸部的平坦。

“自那之后，修一没再约你吧？”信吾问。

“是的。”

“那真是抱歉了。跟老爹跳过舞，就被年轻的儿子敬而远之，太可怜了。”

“瞧您说的，这可麻烦了，那要不然我来主动约他吧。”

“你这是叫我放心啦？”

“您再这么取笑我，我可就不跟您跳舞了。”

“别，别。不过，修一被你发现了，就抬不起头来喽。”

英子有所反应。

“你认识修一的情妇吧？”

英子显得有些为难。

“是舞女吗？”

她没有回答。

“比他年长吗？”

“年长？”英子微微一笑，“比您家的儿媳年纪大些。”

“那是个美人吧？”

“是啊，很漂亮呢。”英子支支吾吾地回答着，“不过，她的声音非常沙哑。与其说是沙哑，不如说是声音有些撕裂，像是叠在一起发出来的。有人说那种声音很性感。”

“嗯？”

英子话还没说完，信吾便有些想要捂住耳朵的冲动。

他感到一阵羞辱，对修一的情妇和英子所显露出的本性，也产生了一种厌恶。

女人的沙哑声音居然是性感的，光是从这样的话说起，就让信吾感到无语。修一是修一，英子是英子，各有各的荒唐。

察觉到信吾的脸色，英子便闭口不言了。

那天，修一也早早地和信吾一起回家，锁好门，一家四口去看电影《劝进帐》去了。

换下衬衫，换穿新的内衣时，信吾注意到修一的胸口和臂膀上有些泛红。他心想，也许是菊子在暴风雨那夜弄出来的痕迹吧。

扮演《劝进帐》中的幸四郎、羽左卫门、菊五郎，这三人现在都已故去了。

信吾的感受同修一和菊子的不同。

“我们看过幸四郎扮演的辨庆多少次了？”保子问信吾。

“忘了。”

“你总是这么健忘。”

街上洒满了月光，信吾抬头仰望着夜空。

信吾忽然觉得，月亮仿佛置身于火焰之中。

月亮周围的云，千姿百态，像是不动明王背后的火焰，又像是狐狸玉的火焰，让人联想到画中描绘的那种奇特的火。

然而，那些云中的火焰却是冰冷的、灰白的，月亮也淡淡地泛着灰白的光，信吾蓦地感到秋意沁人。

月亮稍微偏东，大致呈圆形。在那火焰般的云中，月亮的轮廓因为周围云的遮挡而朦胧不清。

除了那包裹着月亮的火焰般的白云以外，近处再无其他云彩。暴风雨过后的夜空显得深邃黑暗。

街上的店铺已关门闭户，似乎也在一夜之间变得冷清荒凉。人们看完电影归来，街头寂静无声，行人踪影全无。

“昨晚没睡好，今晚早点休息吧。”信吾说着，不觉感到几分寂寥，心底隐隐渴望人体的温存。

不知怎的，他仿佛感到，自己的人生终于到了某种决定性的时刻，某件该做出决定的事，正迫在眉睫。

栗子

（一）

“银杏树又长出新芽了呢。”

“菊子，你现在才注意到吗？”信吾说，“我早就看到了。”

“因为父亲总是朝向银杏树的方向坐着嘛。”

菊子坐在信吾斜对面，回头望向身后的那棵银杏树。

一家四口在饭厅用餐时的座位，不知不觉间已经固定下来。

信吾朝东而坐，他左边是保子，面朝南；信吾的右边则是修一，面朝北。而菊子则朝西而坐，与信吾相对。

由于南面和东面通向庭院，老夫妻自然占据了最好的位置。而两位女性的座位，则是为了方便她们在用餐时端菜、服侍。

即便不是用餐时，一家人围着茶几闲坐时，也自然而然地回到各自习惯的座位上。

菊子总是背对着银杏树而坐。

然而，那样一棵参天大树居然在这个时节冒出新芽，她却浑然不觉，这让信吾不禁觉得，菊子的内心仿佛有某种空白。

“打开雨窗、打扫廊下的时候，不也该注意到吗？”信吾说。

“您这么说的话，倒也是，不过……”

“就是啊。再说了，从外面回来时，也总是朝向那棵银杏树走来的吧？就算不想看，视线也会落在那里。菊子，你总是低着头，是在一边走路一边心不在焉地想着什么事情吧？”

“哎呀，真是的。”菊子耸了耸肩膀。

“从今以后，父亲注视的东西，不论是什么，我一定也会留心观察的。”

信吾听了这话，觉得有点悲戚。

“可不是这个意思。”

这一生，信吾从未有过这样一个恋人，自己所看到的东西，都希望对方也可以看到。

菊子依旧凝视着银杏树。

“那片山上，有的树也长出了新叶呢。”

“是啊。那棵树的树叶也许是被暴风雨吹走了吧。”

信吾家的后山与神社相连，山的一端，变成了神社的庭院。银杏树就耸立在那庭院里，从信吾家的饭厅望去，它像是山上的一棵树。

台风那夜，这棵银杏树被刮得仅剩下光秃秃的树干。

被风刮走叶子的，不仅是银杏，还有樱花。银杏和樱花是信吾家周围少见的大树，或许更容易遭受强风的侵袭，抑或它们本身的叶子就不耐风。樱花树上虽然还残留着几片枯叶，但最终也都掉光了，只剩下光秃秃的枝干。

后山的竹叶也枯萎干瘪了。大概是因为靠近海，风中含有盐分的缘故吧。有些竹子竟被风连根拔起，摔落到庭院里。

而那棵大的银杏树，却又重新冒出了新芽。

每天，信吾从大路拐进小巷时，都会朝着那棵银杏树走去，目光总会落在它身上。从饭厅里，他也经常注视着它。

“银杏树果然比樱花更强韧啊。看来长寿的树木就是不一样。”信吾说。

“像那样的老树，到了秋天还能再生出新叶，需要多大的力量啊。”

“但那些叶子看上去却有些寂寞呢。”

“是啊。我也在想，它们能不能长成春天那样茂密的叶子，可一直都没见到它们长大。”

那些叶子不仅小，而且很稀疏。长到盖得住枝丫的并不多。叶片看起来薄薄的，颜色也不够浓绿，显得淡黄。

秋日的晨光洒在光秃秃的银杏树上。

神社的后山上多是常绿树，这些树的叶子似乎非常耐风雨，几乎没有受到损伤。

而在那浓密的常绿树冠顶端，有一棵树却冒出了淡绿色的新叶。

菊子最先发现了这些新叶。

这时，保子似乎从饭厅那边进来，水龙头的流水声传来。她似乎在说什么，但被水声盖住，信吾听不清。

“你说什么？”他提高声音问。

“母亲说，胡枝子花开得很美呢。”菊子代为回答。

“是吗？”

“母亲还说，芒草也开花了呢。”菊子又接着传话。

“是吗？”

保子似乎还有话要说。

“别说了，听不清。”信吾怒吼道。

菊子低下头，抿着嘴笑着说：“那我来给您当翻译吧。”

“翻译？反正不过是老太婆的自言自语。”

“昨晚，母亲说她梦见乡下的房子已经破败不堪了。”

“嗯。”

“父亲，您怎么回复呢？”

“嗯，也只能说‘嗯’了吧。”

这时，水声停了，保子喊菊子过去。

“菊子，来帮我把这些花插起来。我看着漂亮，就折了几枝回来，拜托你了。”

“好。我先拿给父亲看看。”

菊子抱着胡枝子和芒草走了过来。保子洗了手，似乎还往信乐烧的花瓶装了水，随后拿着花瓶走进来。

“隔壁家的雁来红也很美啊。”保子说着坐了下来。

“种向日葵那家也种雁来红呢。”信吾边说边想起那场暴风雨中被吹落的向日葵。

那些向日葵的花盘，连同五六尺长的茎，全被风刮断，倒在路边。花盘横在那里几天了，恍如人头落地一般。

花瓣从边缘开始枯萎，粗壮的茎也失去了水分，颜色变了，最终沾染了泥土。

信吾每天上下班时，都不得不跨过那花盘，却不想看它一眼。

而断了头的向日葵残茎依然立在大门边，叶子已尽数脱落。旁边有五六株雁来红，成排并立，鲜艳夺目。

“不过，像隔壁家那样的雁来红，这附近可找不出第二家呢。”保子说。

（二）

保子提到的梦见乡下的房屋已破败不堪，说的正是她娘家。

自从保子的双亲去世后，那座老宅已经荒废多年，无人居住。

保子的父亲原本打算让保子继承家业，所以才将姐姐嫁了出去。对深爱长女的父亲而言，这或许有些反常。大概是因为美貌的姐姐有许多追求者，父亲觉得保子很可怜，才这么决定的吧。

所以，姐姐去世后，当父亲看到保子进入姐姐的婆家，承担起姐姐未竟的职责，甚至流露出想接替姐姐位置的意愿时，他或许对保子感到绝望了吧。保子会生出这样的心思，父母和家庭都难辞其咎，父亲或许因此也悔恨不已。

保子与信吾的婚姻，似乎曾让父亲感到宽慰。

父亲或许已决定，在无后继承家业的情况下，坦然度过余生。

如今，信吾的年纪，已经超过了当年保子出嫁时她父亲的年龄。

保子母亲先于父亲离世，而待父亲过世后，田地早已被变卖殆尽，只剩下几片山林和一座老宅，屋内也没有留下什么像样的古董。

这些产业名义上归于保子名下，但其后便全权交由乡下的亲戚打理。大概他们砍伐了山林里的树木来支付税金等费用吧。多年来，保子既未为老家花过一分钱，也未从老家得到过任何收益。

曾有一段时间，因为战争，不少人疏散到这里来，还曾有人提出购买老宅的意向。但信吾因为体贴保子的眷恋之情，婉拒了这些提议。

毕竟，当年他们的婚礼就是在那座老宅中举行的，这是保子父亲的心愿：最后一个女儿嫁出去时，希望在家中办婚礼。

信吾记得很清楚，在婚礼上喝交杯酒时，一颗栗子从树上落了下来。

那颗栗子砸在庭院里的一块大石头上，因石面倾斜的角度反弹，竟然飞出很远，最后滚落到溪谷里。栗子落在石头上后飞出去的轨迹，格外的美。

信吾差点儿“啊”的一声喊了出来。他环顾四周，似乎没有人注意到那颗栗子的掉落。

第二天清晨，信吾来到溪谷边，果然在水边发现了一颗栗子。

当然，那里随处可见落下的栗子，这颗也未必就是婚礼当天掉下的那一颗。但信吾还是拾起了它，原本想告诉保子，却又觉得这行为幼稚。而且他也担心，保子或者听到这件事的人，会不会相信这是婚礼时落下的那颗栗子。

他将栗子随手扔在岸边的草丛里。

与其说信吾担心保子不相信，还不如说，他惧怕保子的姐夫的耻笑。

若不是这位姐夫在场，信吾或许昨天在婚礼上就能坦然提起那颗栗子落下的事。

姐夫出现在婚礼上，让信吾感到一种近乎屈辱的压迫感。

姐姐出嫁后，信吾对她仍抱有憧憬，对姐夫自然有些羡慕与不甘。如今姐姐病逝，自己又迎娶了她的妹妹保子，信吾的内心对姐夫更是五味杂陈。

更何况，保子的处境更加尴尬。姐夫装作不知保子的真实心意，只将她当作体面的女佣使唤，看起来就是这样。

作为亲戚，姐夫出席保子的婚礼理所当然，但信吾因羞愧而不敢直视他。

事实上，即便是在这样的场合，姐夫依然英俊得令人炫目。

信吾甚至觉得，姐夫坐着的地方四周仿佛在闪光。

对保子来说，姐姐和姐夫曾是她心中理想王国的人。而信吾与保子的婚姻，则注定了他们是无法与姐姐、姐夫相比的普通人。

信吾甚至觉得，姐夫像是以居高临下的姿态冷漠地俯视着他与保子的婚礼。

那颗栗子的掉落，虽是件微不足道的小事，却因信吾未能说出口，而在他与保子的婚姻中留下了一丝阴影。

房子出生时，信吾也曾暗自期待，她会像保子的姐姐那样美丽，但这话不能说与妻子听。遗憾的是，房子长得甚至比母亲还要平庸。

信吾心想，姐姐的血脉并未通过保子延续下来。对妻子，他心中始终存有一丝丝的失望。

保子梦见乡下老家后，过了三四天，乡下的亲戚发来一封电报，说房子带着孩子回到了乡下老宅。

电报是菊子接收的，她转交给保子，保子又等信吾下班回家后才将此事告诉他。

“我梦见乡下老家，是不是冥冥之中有什么预兆呢？”保子看着信吾读电报说，意外地显得很平静。

“嗯，回了乡下老家啊……”

信吾首先想到，这样一来，房子应该就不会出事了。

“可是，她为什么不回我们这里呢？”

“也许她觉得，一回到这里，相原立刻就会知道吧。”

“那么，相原来这儿说过什么吗？”

“没有。”

“看来真是没法挽回了啊。妻子带着孩子跑了，换作是我，也没脸再说什么了。”

“不过，也许房子像上次那样，告诉相原自己要回娘家一趟。相原也许觉得不好意思再来见我们吧。”

“无论如何，已经没救了。”

“我倒是惊讶，她居然敢跑去乡下。”

“她干吗不回来我们这里？”

“你这话说得也太冷淡了吧。房子没能回来我们这里，我们作为父母，应该感到怜惜才对。可我心里却满是悲凉，想着父母和子女的关系，怎么会沦落到这个地步。”

信吾皱起眉头，抬起下巴，边解领带边说：“先别说了，拿我的衣服来。”

菊子默默地拿来了衣服，将信吾的西服抱在怀里，转身离开了房间。

在这期间，保子低头沉思，随后望向菊子关上的拉门，喃喃道：“连菊子，也未必不会有一天跑掉。”

“父母怎么可能永远为孩子的婚姻生活负责呢？”

“您不懂女人的心……女人的悲哀，和男人是不一样的。”

“可是，未必每个女人都能了解别的女人的心思。”

“今天修一也不回家吧。您怎么不能和他一起回来呢？自己回来了，却让菊子去收拾衣服，这算什么啊？”

信吾没有回答。

“房子的事，也应该和修一商量一下吧。”保子说道。

“要不派修一去乡下？总得有人去接房子她们回来吧。”

“可房子未必愿意让修一接她们。修一一直瞧不起她。”

“现在说这些没用。周六，让修一去一趟吧。”

“我们不常回乡下，房子却在走投无路的情况下跑去了那里，真是够丢脸的。”

“她在乡下投靠了谁呢？”

“也许住在那间空房子里吧。总不能一直麻烦婶婶吧？”

保子的婶婶应该已年过八十。即便是家主的堂弟，保子也几乎不怎么与他们来往。信吾甚至记不起那家里到底有几口人。

保子梦中那座破败不堪的老宅，竟成了房子逃避的地方。信吾心中隐隐感到不安。

（三）

周六清晨，修一和信吾一起出门，顺便去了公司一趟。距离火车发车还有些时间。

修一走进父亲的办公室，对女职员英子说："这把伞先放在这里吧。"

英子微微歪了歪脑袋，眯起眼睛问："您要出差吗？"

"是啊。"

修一放下手提包，坐到信吾对面的椅子上。

英子的目光追随着修一，似乎有些不舍。

"天气好像会变冷，您可要注意保暖啊。"

"嗯，是啊。"修一一边看着英子，一边对信吾说，"今天原本约好了带她一起去跳舞的。"

"是吗？"信吾淡淡地应了一句。

"让父亲带你去吧。"

英子的脸一下子红了。

信吾连说话都懒得说了。

修一要走的时候，英子提起修一的手提包，准备送他出门。

"不必了，不像样子。"

修一一把夺过手提包，转身消失在门外。

留下来的英子，像是被丢在原地，站在门前，做了个不太引人注意的小动作，随后便垂头丧气地回到了自己的座位上。

信吾看着她，不知道她是因为尴尬才这样，还是故意装出这副模样，但她那浅薄的姿态，反倒让信吾觉得轻松了些。

“挺可惜的呢，好不容易的约会。”

“最近的约会啊，也不太靠得住呢。”英子答。

“那让我来替他陪你跳舞吧。”信吾开玩笑道。

“您说什么呀？”英子微惊。

“怎么，不方便吗？”

“哎呀……”英子抬起头，露出一副吃惊的表情。

“是修一的那个情妇也会去舞厅吗？”

“没有的事。”

信吾记得英子以前跟他说过，修一的那个情妇嗓音沙哑，带着几分性感味道，除此之外便再没透露更多。信吾也没有刻意去打听。

连英子这个在他办公室工作的女职员都见过修一的情妇，而作为家人的他却对那情妇一无所知，这似乎是世间的常态，但信吾仍觉得无法接受。

尤其是眼前这个轻浮的英子，竟然成了这件事的知情人，这种对比让信吾更加无法释怀。

虽然英子看上去轻佻，但在这一刻，她却像是摆在信吾面前的一道沉重的屏障，让他读不透，也无法忽视。

“所以，你跟修一一块去跳舞的时候，见过那个女人了？”信吾尽量用轻松的语气问道。

“是的。”

“经常见？”

“倒也没有那么多次。”

“是修一介绍你认识的吗？”

“也谈不上介绍。”

信吾摇摇头道：“真搞不懂，修一带你去见那个女人，是想让你在旁边，故意让她吃醋吗？”

“我这种人，完全妨碍不了他们呢。”英子说着，微微耸了耸肩。

信吾心里明白，英子对修一怀有好感，甚至有点嫉妒，但他却故意说：“你应该去妨碍他们才对。”

“哎呀。”英子低下头，掩饰着笑意。

“不过，对方也是两个人一起来的。”英子忽然补充道。

“哦？那个女人还带了个男人来？”

“她带了一位女性朋友来。不是男人。”

“原来如此，那我就放心了。”

英子却抬眼看着信吾，说道：“她们是住在一起的。”

“住在一起？两个女人租了房间同居？”

“不，房子不大，但挺精致的。”

“什么？你还去过她们家？”

“是啊……”英子欲言又止。

信吾有些吃惊，语气变得急促起来：“在哪里？那房子在哪里？”

英子的脸色忽然变得苍白，她低声说道：“这可麻烦了。”

信吾沉默了片刻。

“在本乡，大学附近的小巷子里。”英子最终说道。

“原来如此。”

英子像是为了摆脱压力，接着说道：“那条小巷子很窄，有点昏暗，但房子很干净。而且另一位女士，真的很美，我特别喜欢她。”

“另一位？不是修一的那个情妇？”

“是的，是另一个人。她非常有气质。”

“哦？那这两个女人是做什么的？都还是单身吗？”

“是的，不过，我也不太清楚。”

“两个女人住在一起啊。”信吾喃喃道。

英子点了点头，接着像是撒娇似的说道：“那位女士真是我见过最有魅力的人，我每天都想见到她。”她的语气中，似乎带着某种对自我宽恕的意味。仿佛因为那位女士的存在，自己身上的某些缺点都得到了谅解。

信吾觉得，这一切都太出乎意料了。

英子夸赞着那位同居的女士，同时却又似乎在暗暗贬低修一的那个情妇。信吾这么暗暗猜测，但一时也摸不清她的真实想法。

这时，英子望向窗外，说：“太阳出来了呢。”

“是啊，开点窗户吧。”信吾说。

“他把伞寄放在这里的时候，我还担心天气会不太好呢。没想到他一出差，就遇上好天气，太好了。”英子说，她以为修一是因公出差。

她推开窗户，扶着玻璃窗站了一会儿。衣裙的下摆被带得微微扬起。她似乎在思索什么。

不一会儿，她低头回到自己的座位上。

这时，勤杂员拿进来三四封信，英子接过后，放在信吾的桌上。

“又是葬礼的通知啊，真烦人。这次是鸟山吗？”信吾喃喃道。

“今天下午两点钟。也不知道他妻子怎么样了。”

英子已经习惯了信吾的自言自语，只是静静地看着他。

信吾微微张着嘴，显得有些愣神，随后说道："今天没法去跳舞了，要去参加葬礼。"

"这家伙，在他妻子更年期的时候，真是被折磨得够呛。他妻子不给他饭吃，真的是不给吃啊。只有早晨还凑合，好歹在家吃过早饭再出门的，可她也没有特意给丈夫准备什么吃的。给孩子们做的饭端上来了，丈夫就像背着妻子似的，偷偷摸摸地吃。晚上因为怕妻子，他都不敢回家，每晚都在外面晃荡，或者去看电影，或者就去曲艺场，等妻子和孩子都睡着了才敢回去。连孩子们也帮着妻子欺负他。"

"这是怎么一回事呢？"英子问道。

"还能怎么回事，更年期而已，更年期可是很可怕的。"

英子似乎觉得自己受到了一番嘲弄。

"但可能他自己还是有不对的地方吧。"

"当时他可是个很体面的公务员，后来进了私企。不过，就连葬礼都像这样租个寺庙举行，相当讲究，可见他是个有头有脸的人。他当公务员的时候也没有不务正业、贪图享乐。"

"他养活了全家人吧？"

"那是当然了。"

"我不明白。"

"是啊，你们是不会明白的。一个五六十岁的堂堂正正的绅士，竟然怕老婆，甚至都不敢回家，半夜三更还在外面徘徊，这种人有的是呢。"

信吾试图回忆鸟山的模样，但怎么也记不清了，他们已有十年没有见过了。

他想，鸟山应该是在自己家里去世的吧。

（四）

在鸟山的葬礼上，信吾想着或许能碰到大学时的同级同学，于是在上完香后，站在寺庙门旁，然而，一个熟人都没见到。

来参加葬礼的人中，年纪与信吾相仿的也没有。

也许是信吾来得太晚了吧。

他探头向里面望去，只见正殿里排列整齐的吊唁队伍开始散开，人们开始解散了。

鸟山的遗属们则仍然坐在正殿内。

信吾心想，鸟山的妻子大概还健在吧。果然，一个瘦弱的女人站在棺木前，应该就是她。

她的头发染过，但显然已经有一段时间没染了，发根处露出了白色的头发。

“也许是因为长时间照顾病重的鸟山，连染发的工夫都没有吧。”信吾这样想着，向那位老妇人低头致意。然而，当他转向棺木上香时，心中却几乎忍不住嘀咕：“或许也未必如此啊。”

其实，在走上正殿台阶向遗属致意的过程中，信吾一度完全忘记了关于鸟山的妻子虐待丈夫的传闻。但当他转身面对亡者行礼时，那件事突然涌上心头，他不禁一阵惊愕。

他避开视线，不再看遗属席上的鸟山妻子，走出了正殿。

然而，他的惊愕并非因为鸟山或其妻子，而是因为自己那种奇怪的“遗忘方式”。带着几分厌烦的情绪，他沿着寺庙的石板路折了回来。

信吾走动时，那种“遗忘”和“失落”的感觉，就萦绕在他的脖颈上。

如今，了解鸟山和妻子之间情况的人已经很少了。就算还有人知道，那些记忆也早已残缺不全，成了散落的片段，只能任由鸟山妻子随意记述、解释，而再无可信的第三者会为此认真追忆了。

信吾记得，参加六七个大学同级同学的聚会时，有人曾经聊起过鸟山的事。那时，大家对鸟山的遭遇并没有深究，只是听了笑笑。提起这事的人，也不过是为了取乐，带着戏谑与夸张讲讲罢了。

而那个聚会里的人，已有两个人比鸟山更早离世。

鸟山的妻子为何虐待他？而鸟山又为何会被妻子虐待？信吾此刻觉得，或许连鸟山和他的妻子自己都未必清楚。

鸟山带着这些未解的疑问奔赴黄泉了。被留下的妻子，也只能将这些事视作过去，一段鸟山已经不在了的过去。最终，她也会带着未解的疑问离世吧。

信吾想起那次聚会时，提起这件事的那个人曾说过，自己家里传下来了四五张古老的能剧面具。某次鸟山去他家时，他拿出这些能剧面具给鸟山看，结果鸟山看得出神，久久不肯离开。那人笑道：“鸟山是第一次见到能剧面具，能体会出多少乐趣呢？只不过是为了拖时间，等到妻子睡下才敢回家吧。”

但信吾现在回想，觉得鸟山或许并不仅仅在逃避妻子。那些夜晚的漫步，那些拖延的时间，或许对已过五十、身为一家之主的鸟山来说，一定是在沉思些什么吧。

葬礼上的鸟山遗像，显然是他还在做官时拍的，或许是某个新年或典礼的时候拍摄的，他穿着礼服，面容圆润温和。照片经过照相馆的修饰，看不到任何阴郁的迹象。

照片上的鸟山显得年轻温厚，与棺木前那位妻子形成鲜明对比。她矮小、消瘦，肩膀也有一边微微下垂，整个人显得疲惫不堪。让人不禁觉得，她是因为被鸟山折磨而老成这样的。

信吾低头看着她发根处露出的一抹白发。站在她旁边的，应该是她的儿子、女儿和儿媳、女婿，但信吾没有仔细看。

“你家近况如何？”

信吾守候在寺庙门口，打算如果能遇到一位老友就这样问。如果对方反问，他会回答：“总算勉强平安无事地走到现在，可惜女儿和儿子的家庭都不太安稳。”他甚至想趁此机会与对方聊聊这些事。

这些掏心窝的话，即使说出来，彼此之间也帮不上什么忙，他也没有多管闲事的心思。不过是一路聊着走到电车站，然后说再见，仅此而已。

然而，即便只是这样，信吾也觉得足矣。

“鸟山死了之后，受妻子虐待的事不也就成了过眼云烟了吗？”

“鸟山的儿女婚姻幸福，能证明鸟山夫妻的婚姻是成功的吗？”

“在当今这个世道里，父母对孩子的婚姻生活又能负多大的责任呢？”

这些自言自语般的感叹，不知为何，接连浮现在信吾的脑海中。他想着这些想对旧友倾诉而未说出口的话，站在寺庙门旁。

寺庙屋檐上的麻雀成群，不停地叽叽喳喳，它们画出了一个弓形飞上屋顶，接着又画出一个弓形飞出去了。

（五）

信吾从寺庙回到公司时，已有两位客人正等候着他。

信吾让人从后面的橱柜里拿出威士忌，倒入红茶中。这样或许能帮他恢复一些记忆力。

信吾在接待客人的同时，回想起昨天清晨在家里看到的麻雀。

麻雀在后山脚下的芒草丛中，它们啄食芒草的穗子，不知道是在吃芒草的种子，还是在捕捉虫子呢？信吾正在思索时，突然发现，原本以为只是一群麻雀，没想到其中还混杂着黄道眉呢。

见到麻雀和黄道眉混在一起，信吾便观察得更仔细了。

六七只鸟从这棵穗飞到另一棵穗上，每飞一次，芒草的穗就剧烈摇晃。

有三只黄道眉，它们比麻雀更安静，并不像麻雀那样匆匆忙忙。它们飞来飞去的次数也少。

黄道眉的羽翼光亮，从胸毛的颜色来看，像是今年出生的。而麻雀身上看起来像是沾满了尘土。

信吾自然觉得黄道眉更可爱，黄道眉和麻雀之间的叫声各有不同，动作上也体现出了各自的特点。

信吾久久地观望着它们，想知道麻雀和黄道眉会不会吵架。

然而，麻雀之间会互相呼应，飞来飞去，而黄道眉则聚在一起，似乎是自然地分开了。它们偶尔会混在一起，但并没有吵架的迹象。

信吾折服了。这是早晨洗漱时分发生的事。

他大概是因为刚才在寺庙门口看到了麻雀，才想起了这些。

送走客人后，信吾关上门，转过身来，对英子说：“你带我去修一的情妇家吧。”

这句话信吾早在和客人交谈时就已经在脑中盘算过，但对英子来说却是个意外。

英子一副反抗的态度，冷冷地看着他，但很快又露出垂头丧气的神色，她用生硬冷漠的语气说：“你去那儿，打算做什么？”

“我不会给你添麻烦的。”信吾回答。

“你打算见她吗？”

信吾并没有打算今天就见那个女人。

“等修一回来，你们再一起去见她不行吗？”英子平静地说。

信吾觉得英子似乎在冷笑。

上车后，英子依然沉默不语。

信吾觉得自己不仅伤害了英子，还践踏了她的尊严，仅这一点就让他心情沉重。更何况，这也在羞辱着自己和儿子修一。

他曾幻想在修一不在的时候，自己能够解决一切问题。但他感觉这只是幻想，不会变成现实。

“如果您打算谈些什么，最好和她同住的人谈吧。”英子说。

“你是指那个文静的女人吗？”

“是的，要不我请她来公司？”

“好吧。”信吾含糊其词地应着。

“修一在她们家喝酒，每次只要喝得酩酊大醉，就变得不可理喻。有时他会让那个女人唱歌，那个女人唱得很好，绢子就会哭。绢子哭得很厉害，可见绢子很听她的话。”

这种说法有些奇怪，信吾猜测“绢子”大概是修一的情妇。

信吾此前并不知道修一有这样的酒后恶习。

他们在大学前下了车，拐进了一条小巷。

“如果修一知道了这些，我在公司就待不下去了，请您让我辞职吧。”英子低声说。

信吾不禁一阵寒栗。

英子停下脚步。

“从那边的石墙绕过去，第四间门牌上写着‘池田’的那家就是，她们都认识我，我就不去了。”

“给你添麻烦了，今天就算了吧。”

“为什么呢？都已经走到这里了……只要您家里能和睦相处，不就好了吗？”

从英子的反抗里，信吾感到了些许憎恶。

英子说的石墙，实际上是用混凝土砌成的围墙，庭院里种植了一棵大枫树，绕过这户人家，第四间便是池田家的小房子，这座古老的小房子没有什么特别之处，房门朝北，阴暗无光，二楼的窗户紧闭，连一丝声响都没有。

信吾走了过去，没有什么吸引他注意的东西。走过之后，他的心里却不禁感到一种空虚。

他心想，这座房子里究竟隐藏着修一怎样的生活呢？他无法想象自己突然走进那个家的情景。

他转了个弯，走到另一条路上。

在之前的地方，英子已经不见了。信吾走到刚才下车的大街上，也没有看到她。

信吾回到家，觉得难以面对菊子，于是说："修一先去了一趟公司，过了一会儿才走的。赶上个好天气，太好了。"

他感到非常疲倦，便早早躺下了。

"修一请了几天假？"保子在饭厅问道。

"不知道，我没问，他只是去接房子回来，应该是两三天吧。"信吾在床上回答。

"今天我也帮着菊子，把床上的棉被都絮好了。"

信吾想起了房子将带着两个孩子回来，往后菊子一定会很累。

他一想到要让修一另立门户，脑海里就浮现出在本乡看见的修一情人的家。

他想起了英子的反抗，平时总是待在身边的英子，他从未见过她那样强烈的反应。

菊子的爆发应该还没有表现出来吧。保子曾告诉信吾：她觉得对不起你，连嫉妒都不敢有。

信吾很快就进入了梦乡，但被保子的鼾声吵醒，他捏住了保子的鼻子。

保子似乎已经醒了："房子会不会带着包袱回来？"

"可能吧。"

话说到这里就没再继续了。

海岛之梦

（一）

地板下有只流浪狗下崽了。

“下崽”这个说法听起来有些冷漠，但对信吾一家来说，确实是这样，家里的人完全没有注意到，流浪狗就在地板下下了崽。

“母亲，昨天和今天阿照都没有来，是不是生小狗了？”七八天前，菊子正在饭厅里准备饭菜时，曾问过保子。

“说起来，真的是很久没见到它了。”保子漫不经心地回答。

信吾把双脚放进被炉里，沏了一杯玉露茶。自从秋天开始，他养成了每天早晨都喝玉露茶的习惯，而且都是亲自沏泡的。

菊子一边准备早餐，一边提起了阿照的事情，但话题很快就打住了。

菊子跪坐下来，将味噌汤端到信吾面前。

信吾倒了一杯玉露茶给她：“来一杯吗？”

“好，谢谢父亲。”

这是破例的做法，菊子坐得端正，看起来有些拘谨。

信吾看着菊子说：“这条腰带和披肩都是菊花图案的呀，不过盛开菊花的秋天已经过去了。今年因为房子的事，我都忘了菊子的生日！”

“这条带子是四君子花的图案，四季都可以戴的。”

“什么是四君子？”信吾好奇地问。

“是兰花、竹子、梅花和菊花……”菊子爽朗地回答道，“父亲，您一定在某些地方看过吧。画上常有，衣服上也常用。”

“真是贪心的图案哪。”

菊子放下茶碗说：“真好喝。”

“对了，那个……谁来着？葬礼的回礼送了玉露茶给我，我才又开始喝了。以前我可是经常喝玉露茶的，家里都不喝粗茶。”

那天早上，修一先去了公司。

信吾一边穿鞋，一边想着那个送玉露茶回礼的朋友叫什么名字。菊子似乎知道，不过他并没有问她。他还记得那个朋友曾带着一个年轻女人去温泉旅馆，结果突然死在那里。

“阿照确实没来呢。”信吾说。

“对，昨天和今天都没有来。”菊子答道。

信吾出门时，常常看到阿照尾随其后，甚至跟到大门外。

信吾突然想起，前几天菊子还在门口摸着阿照的肚子。

“摸上去真恶心，肚子一团软软的。”菊子低声说道，尽管她似乎有些不舒服，但还是试图摸摸肚子，像是想知道胎儿的情况。

“肚子里有几个？”

阿照用那种奇怪的白眼瞥了菊子一眼，然后躺了下来，肚子朝上。

阿照的肚子没有菊子想象中那么鼓胀，只是肚皮有点变薄，呈淡粉色。不过，乳头附近满是污垢。

“有十个乳头吗？”

菊子这么一说，信吾也用眼睛数了数阿照的乳头，最上面的一对已经变很小，像是干瘪了。

阿照本是有主人的，挂着犬牌，不过主人没有好好喂养它，导致它成了流浪狗，常在主人附近的饭厅门口游荡。菊子开始给它一些剩饭剩菜后，它就经常待在他们家。晚上常听到它在院子里吠叫，信吾觉得它好像已经把这里当成了家。然而，菊子似乎并没有把它当成自家的狗。

不过，阿照每次下崽时，都会回到主人家去。

所以菊子猜测，阿照这两天没有来，应该是回它的主人家里下崽了。

回到主人家下崽，信吾不知怎么的，总觉得它可怜。

然而，这次流浪狗竟然在他们家的地板下生下了小狗，直到十天后，才有人发现。

那天，信吾和修一一同回家时，“父亲，阿照在咱们家生了小狗。”菊子说。

“哦？在哪儿？”信吾问。

“在女佣房的床下。”

“哦，是吗？”

因为没有女佣，三铺席宽的女佣房就堆放着各种杂物，成了储物间。

“阿照进了女佣房的地板下，我觉得应该是那里，所以就去看了一下，果然有小狗。”菊子说道。

“嗯，多少只？”信吾问。

“太暗了，看不太清楚，在角落里。”

“原来如此，是在我们家生的。”信吾感慨道。

“母亲说，阿照在仓库旁边转圈圈，好像在找地方挖土，可能是要生小狗了。要是我们在仓库里铺些稻草，可能就在那里生了。”菊子补充道。

“小狗长大了会很麻烦。”修一说。

信吾虽然对阿照在家里生小狗感到有些欣慰，但想到以后不得不处理这些流浪狗，得丢弃这些小狗，他又不禁觉得厌烦。

“阿照在家里生小狗了。”保子也说。

“是啊。”

“说是在女佣房的地板下。女佣房没人用，阿照也真是聪明。”保子在被炉里轻微皱了皱眉头，抬头看了看信吾。

信吾也把脚伸进被炉里，喝了一口粗茶，后转向修一说：“对了，之前谷崎说过要照顾的那个女佣，怎么样了？”

然后他自己倒了第二杯粗茶。

“是烟灰缸哦，父亲。”修一提醒道。

信吾这才发现自己把茶倒进了烟灰缸里。

（二）

信吾在公司里低声自语："我终究没有登上富士山，老矣！"

这句话突然浮现在他脑海里，尽管只是一瞬间的想法，却让他觉得蛮有意思，于是又反复念叨了几遍。

或许是因为昨晚梦见了松岛，才让他有了这样的感慨。

虽然信吾从未去过松岛，但梦见了那里，今早醒来时，他感到有点不可思议。

他忽然意识到，到了这个年纪，他居然连日本三景中的松岛和天桥立都没去过。唯一去过的只有安艺的宫岛，还是在过了游览季节的冬天，因公出差途经九州时顺便停下来参观的。

梦醒后，他只记得一些零碎的片段，但松岛上松树的颜色和海水的颜色却清晰地留在了脑海里。他确信自己梦中的地方就是松岛。

梦中的信吾正站在松岛的树荫下的草地上，他拥抱着一位女子。他们胆怯地躲藏起来，二人好像是离伴而来的。女子非常年轻，是个少女。信吾对自己的年龄已经弄不清楚了，但从他和女子穿越松树间的动作来看，他显然还是年轻的。他拥抱着少女，丝毫没有感觉到年龄的差距。他的行动就像年轻人那样，但他并没有觉得自己变得年轻，也不觉得这是往事。如今已是六十二岁的信吾，梦中也就是二十几岁的样子。这正是梦境的奇妙之处。

在梦中，他看到同行人乘坐的汽艇渐行渐远，船上有一名女子站了起来，频频地挥动着手帕。梦醒后，那手帕在海面上泛白的影像也依然鲜明。信吾和女子被留在了小岛上，但他却丝毫没有感到不安。虽然他能看到远处的汽艇，但他清楚地知道，汽艇上的人无法看到他们隐藏的地方。

就在那条白色手帕的画面里，信吾从梦中醒来了。

早晨醒来后，他无法辨认出梦中女子的容颜和身份。她的面貌、身姿，甚至触感都已经消失，只留下了梦中景物的色彩。信吾至今也不明白，为什么自己会梦见松岛。

信吾从未见过松岛，也从未乘汽艇前往无人的小岛。

他想，梦中色彩如此鲜明，难道是神经衰弱的表现吗？他曾想问家人，但又没开口。梦中与女子相拥的情形让他感到不安。他想，如果自己依然保持年轻的模样，或许那就是最自然的状态。

梦中的时间是不可思议的，却不知怎么地让信吾获得了某种慰藉。

如果能知道那位女子的身份，或许梦中的谜团就能迎刃而解吧。信吾在公司里不停地抽着香烟，思绪仍沉浸在梦中。

这时，传来轻轻的敲门声，门打开了。

“早上好。”铃本走了进来。

“我还以为你没来呢。”

铃本摘下帽子，挂在一边。英子赶紧站起来准备接过他的外套，可他没有脱外套，而是直接坐了下来。信吾望着铃本的秃头，觉得滑稽可笑，他的耳朵上也布满了老年斑，显得很脏。

“怎么了，一大早的？”

信吾憋住笑，低头看了看自己的手。他自己的手背和手腕上也长了一些淡淡的斑点，时隐时现。

“已经极乐往生了的水田啊……”

“哦，水田啊。”信吾回忆起来，“哦，对了，从水田的葬礼回来时，回礼给了玉露茶。我就又恢复了喝玉露茶的习惯，他给我带的可是上等玉露茶。”

“玉露茶是好，但极乐往生也很让人羡慕啊。听说过这样的死法，但没想到水田会这样走了。”

“哦。”

“真让人羡慕啊。”

“你看你，胖了又秃了，估计也有机会。”

“我血压不高，没什么问题。听说水田就怕脑出血，他一个人出差都不敢住外面。”

水田是在温泉旅馆猝死的。葬礼上，旧友们纷纷私下议论，说他是得到了所谓的“极乐往生”。但后来回想起来，只是因为水田在死前带着年轻女子，就猜测他是极乐往生了，这说法也不一定对吧？虽然当时大家没有多想，但心中多少有些好奇：那位女子是否出现在葬礼上？有人说，这女子会难过终生的。也有人说，如果这女子真心爱这男人，这也是她的本愿吧。

现在，这群六十多岁的旧友们，都是大学的同届同学，他们用学生时代的用语海阔天空地闲聊了一通，信吾觉得这是一种老态且可憎的表现。他们依然用学生时代的绰号和昵称互相称呼。彼此知道对方年轻时的样子，这不仅会带来一种亲切怀念的感情，同时也掺杂着一种老朽的利己主义的人情世故，这些就令人讨厌了。水田曾经笑谈过鸟山的死，如今水田的死也变成了他人的笑谈。

铃本在葬礼上一直执拗地谈论着极乐往生，信吾一想到这个人最终会按照自己的愿望死去，心中不禁产生了一阵寒意，忍不住说：“不过，老年人那样死，也未免太不像样了。”

“是啊，我们现在连女人的梦都做不了了。”铃本也平静地说。

“你曾经登过富士吗？”信吾忽然问。

“富士？富士山吗？没登过。”

铃木露出了诧异的表情。

“我也没登过。”

“所以我说，‘我终究没有登上富士山，老矣’。”

“什么？有什么下流的意思吗？”

“别说胡话了。”信吾忍不住笑了。

英子把算盘放在靠近门口的桌子上，也偷偷地笑了。

“想来也是，没登过富士山，也没看过三景，很多人一生就这么过去了。日本人中，能登富士山的到底有百分之多少呢？”

“嗯，大概不到百分之一吧。”

铃本又把话题拉回到水田身上。

“说到这个，比起我们这些人，水田真是幸运。像他那样的死法，大概几万甚至几十万人才会出一个吧。”

“像彩票一样吗？死后留下的家人可不一定开心。”

“对，其实我要说的就是他家人的事，水田的妻子今天还来找我了。”铃本突然收起笑容，语气严肃，“她把这个托付给我了。”说着，他解开了桌子上的包裹。

“是面具，能剧面具。水田的妻子希望我买下这两个面具，所以想请你看看。”

“面具这玩意儿，我也不识货啊。就像日本三景一样，我虽然知道它们是在日本，但自己也从没见过。”

有两个装面具的盒子。

铃本把面具从袋子里拿出来：“说是这个叫‘慈童’，这个叫‘喝食’，都是儿童面具。”

“这就是儿童面具？”

信吾拿起“喝食”面具，抓住穿过两边耳孔的纸绳仔细观赏。

“你看，刘海儿画得很精致吧，是银杏形的。这应该是成年前的少年形象，连酒窝都有。”

“嗯。”

信吾自然地向前伸直双臂，“谷崎君，那边的眼镜。”他对英子说。

“不，你这样就对了，据说能面就是要这样稍微抬高些来看。”铃本解释道，“我们这群人老花眼看的距离，正好适合。再说，面具眼睛朝下看，面带愁容……”

“似乎像某个人，写实得很。”

铃本继续解释道，能面若低头便呈现出忧愁的神情，若仰头则面部生辉，呈现出明朗的表情，通过这种方式来展现不同的情感，左右的摆动则代表“使用”或“割舍”。

“有点像某个人。”信吾又说，“看上去不像少年，倒像青年。”

“古时候的孩子比较成熟，所谓的‘童颜’在能面上反而会显得奇怪。”铃本接着说，“好好看看吧，那确实是个少年。慈童面据说是精灵的象征，代表着永恒的少年。”

信吾按照铃本说的方式摆动着“慈童”面具，仔细观察。慈童的刘海儿呈河童形状。

“怎么样？买下来吧。”铃本说道。

信吾将面具放回桌上。

“不过，既然人家拜托了你，你自己买下来不就好了？”

“嗯，我已经买了。其实是水田的妻子带了五个面具来，我挑了两个女面，又把一个硬塞给了海野，剩下的就想拜托你了。”

“什么？原来是剩下的啊。你自己先挑了女面，真是个自私的人。”

“女面更好吗？”

“倒也不是，都差不多。”

“要不然，我可以拿我自己的来给你。你要是替我买了，我倒是省事了。毕竟水田是那样死的，我见到他妻子的脸，心里总觉得有些愧疚，所以才没能拒绝。不过，比起女面，据说这个面具更上乘。‘永恒的少年’，不是挺好的吗？”

“水田死了，之前一直在水田家看着这个面具的鸟山也死了，总感觉心里不太舒服。”

“不过，慈童面不正是象征‘永恒的少年’吗？倒也不错。”

“你参加了鸟山的葬礼吗？”

“当时有什么事情就先离开了。”

铃本站了起来：“那好吧，我先把它交给你，你慢慢看看。如果你不喜欢，转给谁都可以。”

“喜欢与不喜欢都跟我没关系。它是个相当好的面具，如果放在我们这些不懂能剧的人手里，倒显得好像在浪费它的生命。”

“哎呀，没关系的。”

“多少钱？贵吗？”信吾追问道。

“嗯，为了备忘，我让水田的妻子写清楚了价格，写在纸绳上，估计大概是这个价，不过应该能再便宜点。”

信吾戴上眼镜，准备展开纸绳看看。但就在他眼前的景象清晰展现出来的那一刻，慈童的发梢和唇线突然变得异常美丽，信吾差点儿惊叫出来。

铃本离开后，英子走到桌旁。

“很漂亮吧？”

英子默默点了点头。

“你能不能稍微戴在脸上让我看看？”

“啊，我戴起来不太合适吧？毕竟穿着洋装呢。”英子说道，但信吾把面具递给她后，英子还是自己将面具戴上，轻轻地把纸绳在头后系好。

“慢慢动一动看看。”

“好的。”

英子站着微微动了一下面具，调整着角度。

“真不错，真不错。”信吾不由得赞叹。就这么简单的动作，面具仿佛活了过来。

英子穿着深红色的洋装，如波浪般的发丝从面具两侧垂下，给人一种恍若亲近的可爱感。

“差不多可以了吧？”

“嗯。”

信吾立刻让英子去买一本关于能剧面具的参考书。

（三）

“喝食”与“慈童”这两个面具都有明确的作者名字，查阅资料发现，它们并不属于室町时代所谓的“古作”，但确实是仅次之的名家之作。信吾是第一次拿起能剧面具，虽然是初次接触，却也没有觉得它是赝品。

“哎，感觉有点吓人啊。我看看。”保子戴上老花镜，端详着面具说道。

菊子窃笑起来。

“母亲，您用父亲的眼镜，真的没问题吗？”

“啊，老花镜这种东西，本来就是随便用用的。”信吾替保子答道，“其实借谁的眼镜都差不多。”

信吾从口袋里拿出的眼镜，就是保子在用的那副。

“通常是丈夫的眼睛先老花眼，不过我们家是老婆婆年纪稍微大一些。”

信吾心情愉快，他穿着大衣就把脚伸进了被炉里。

“老花眼最可怜的就是看不清楚食物了。尤其是那些精细复杂的菜肴，有时候真的分辨不出来是什么。刚开始老花眼的时候，端起饭碗来，米粒都会变得模糊不清，一粒粒都看不清楚。那种感觉实在是没意思。”信吾边说边凝视着能剧面具。

然而，他很快注意到，菊子已经将自己的和服放在膝前，正等待着他换衣服。同时，他也注意到，今天修一又没有回家。

信吾站起来换衣服时，眼睛不自觉地向放在被炉上的面具瞥去。

但此时，他有意避开了菊子的目光。

他察觉到菊子一直没靠近面具，也没去看，反而若无其事地整理着衣物。大概是因为修一没有回家吧，想到这里，信吾心中不由得有些沉重。

“这真是吓人，简直像个真的人头。”保子说。

信吾回到被炉旁，问道：“你觉得哪个更好？”

“这个更好吧。”保子毫不犹豫地拿起“喝食”面具，“看起来像活人一样。”

“嗯，是吗？”信吾对保子的当机立断有些意外，接着说，“这两个面具的时代相同，作者不同，大约都是丰臣秀吉时代的作品。”

他说着，将脸靠近“慈童”面具。

“喝食”面具是典型的男性面容，眉毛也是硬朗的男眉，而“慈童”面具则稍显中性，眼睛与眉毛之间的间隙较大，眉形如温柔的弯月，更接近少女的模样。

信吾从正上方把脸凑近它的眼睛，面具上那如少女般光滑的肌肤在他因老花眼而模糊的视线中逐渐清晰，面具仿佛散发出一股温暖的人类气息，似乎活了过来，露出了微笑。

“啊……”信吾不禁吸了口气，他将脸靠得极近，仿佛看到一个活生生的女人在微笑，那是一个清丽动人的微笑。

眼睛和嘴巴活灵活现，在面具空洞的眼眶中，仿佛有黑色的瞳眸栩栩如生，深红色的嘴唇润润的，显得特别娇嫩可爱。信吾屏住呼吸，差点儿忍不住与那微笑的面具接吻。就在鼻子几乎要碰到的时候，那双深邃的瞳孔似乎突然转动，下唇的肉微微隆起。信吾几乎要和它接吻了。信吾猛地吐出一口气，急忙将脸移开。

离开面具的瞬间，信吾仿佛做了一场不真实的梦，他急促地呼吸了许久。

他默默地将“慈童”面具放进袋子里，那是一个红底金边的袋子，而“喝食”面具则递给了保子。

“帮我放进去。”信吾低声说道。

信吾感觉自己似乎看到了那古老的面具下唇的内部——那抹古老色调的口红，恍若透过面具看到了下唇深处的线条。那微微张开的嘴唇，似乎没有成排的牙齿，仿佛雪地上的花蕾，静静地待在那儿。

如此近距离观察面具，或许是对面具的亵渎，信吾觉得这可能是面具制作人从未想过的观察方式。在传统的能乐舞台上，面具最能展现其生命力的时候，通常是观众与面具保持适当的距离，但此刻，这种极端的接近让面具展现出了另一种生命力，信吾不禁认为，这或许是面具制作的爱之秘密。

他自己也感受到了某种天真却禁忌的情愫。或许是因为自己已经老花眼了，才让他在面对这种面具时产生了如此奇妙的感觉，觉得面具比人间女子更加妖艳。

不过，信吾忽然意识到，最近频繁做梦梦见自己拥抱姑娘，觉得戴着面具的英子很惹人怜爱，又或者差点儿亲吻“慈童”面具，这些异常的事情是否与内心深处的某些东西在隐隐作祟有关呢？

信吾意识到，自从他有了老花眼之后，他再也没有和年轻女人如此亲密接触过，或许老花眼也给他的世界带来了一些柔和的感受。

“这个面具呢，就是作为葬礼回礼送了玉露茶的，之前在温泉旅馆突然去世的水田的藏品。”信吾对保子说。

“真可怕。”保子重复着，显然感到不安。

信吾把威士忌倒进粗茶里喝了下去。

这时，菊子在饭厅里切着葱，准备吃鲷鱼什锦火锅。

（四）

十二月二十九日的早晨，信吾一边洗脸，一边望着阿照，阿照领着一窝狗崽到日光下晒太阳。

这些狗崽开始从女佣房间的地板下爬出来，可是谁也说不清到底是有四只还是五只。菊子总是迅速地捉住跑出来的狗崽，把它们抱进屋里。小狗崽被抱起来后非常驯顺，但一见到人，就会立刻逃回地板下。它们从未一起跑到院子里，因此连菊子有时也说是四只，有时又说是五只。

然而，在那冬日暖阳中，信吾终于弄清楚了，确实是五只狗崽。

那是在之前信吾见过麻雀与黄道眉一起啄食的那片山脚下。这座小丘是由当年挖防空洞躲避空袭时挖出的土堆积而成的，战争期间还种过蔬菜。如今，这已成为动物们早晨晒太阳的场所。

黄道眉和麻雀曾啄食过的芒草，虽然枯萎了，但依然以其强韧的姿态屹立在小丘脚下，把土堆都覆盖了。土堆上长满了柔软的野草。信吾看阿照选择了这么一个地方，暗自赞叹它的聪明。

人们尚未起床时，或起床后忙于晨间琐事时，阿照便带着狗崽们来到这块阳光充足的地方，一边晒太阳，一边给小狗喂奶。没有人来打扰，母狗显得从容而满足。起初，信吾觉得这是冬日暖阳下的一幅温馨画面，不禁面露笑容。虽然已经是年末，但镰仓的冬日阳光却如同小阳春一般温暖。

然而，当他仔细观察时，却发现狗崽们为争抢母狗的奶头而互相推搡，它们用前爪按压住乳房，像压泵似的把奶水挤出，展现出了惊人的动物本能。而阿照似乎觉得狗崽们已经长大了，可以爬上土堆，开始厌烦给它们喂奶了。它时而甩动身体，时而把腹部朝下，表现出极不耐烦的样子。信吾注意到，阿照的乳房上已经因狗崽们的抓挠而留下了红色的伤痕。

最终，阿照站起身来，甩掉了正吃奶的狗崽，飞快地跑下土堆。一只黑色的小狗崽仍死死咬着不放，结果被阿照甩了出去，从土堆上滚落了下来。

土堆有三尺高，信吾不禁倒吸了一口气。然而，小狗崽满不在乎地站了起来，它瞬间愣愣地站了一会儿，便开始四处嗅闻土堆上的气味。

“咦？”信吾心想。这只小狗的姿态让他感到陌生，但又觉得似曾相识。他沉思了一会儿，终于想了起来。

“啊，是宗达的画。”他自言自语道，“真了不起。”

信吾曾在一本画册中匆匆瞥过宗达的《小犬图》，觉得那不过是被形式化的玩具般的小犬。然而现在，他意识到，那其实是一幅写实画作。眼前这只黑色小狗的姿态，若再增添几分优雅与格调，就与宗达的画一模一样了。

信吾曾觉得那张“喝食”面具的写实性让人联想到某些具体的面孔，他把这种想法和宗达的画联系起来思考了。

宗达与能面制作者们生活在同一个时代，而宗达画的，正是如今所谓杂种土狗的幼崽。

“喂，快来看！狗崽们都出来了。”信吾喊道。

四只狗崽蜷缩着腿，小心翼翼地从土堆上爬下来。信吾满怀期待地看着，但无论是那只黑狗崽，还是其他狗崽，都没有再展现出与宗达画作相似的姿态。

信吾心想：狗崽化身成宗达的画作，而“慈童”面具又化作现实中的女人，这些看似矛盾的现象，或许都是某种瞬间的启示吧。

他把“喝食”面具挂在墙上，而“慈童”面具则像秘密一般藏在柜子深处。

保子和菊子被信吾召唤来到洗脸间看狗崽。

“你们洗脸的时候没注意到吗？”信吾问她们。

菊子将手轻轻搭在保子的肩膀上，从后面探出头来看着狗崽们，说：“女人早晨可是忙得很呢，对吧，母亲？”

“是啊。阿照呢？”保子问。

“这些小家伙像迷路和被丢弃的孩子似的四处乱走，它跑哪儿去了呢？”

“送走这些狗崽的时候，会让人舍不得的啊。”信吾说道。

“已经有两只找到‘婆家’了。”菊子回答。

“哦？有人愿意领养吗？”

“是的。其中一家就是阿照以前的主人。他们说想要一只母狗。”

“哦？阿照成了流浪狗，所以想用它的孩子代替它吗？”

“好像是这样。”

菊子转向保子解释道：“母亲，阿照大概是去哪家找食去了。”随后又向信吾补充说，“父亲，附近的人都对阿照的聪明感到吃惊呢。它知道周围每家的饭点，到了时间就会准时挨家挨户地串门。”

“哦，是吗？”信吾略显失望。他原以为最近早晚喂它饭后，它已经安定下来，没想到它还在四处觅食。

“确切地说，不是饭点，而是人家收拾饭菜的时候。”菊子补充道，“前几天我碰到附近的邻居，他们听说阿照最近在我们家生了狗崽，还聊了许多关于阿照的事。附近的孩子也来过，想看看阿照的孩子，那时候您正好不在家。”

“看来它还挺受欢迎。”

“有位邻居太太说了件有趣的事：阿照在我们家生了狗崽，咱们家也会添丁呢。她说阿照是在催促咱们添喜事呢，真是个好兆头。”保子笑着说。

菊子的脸一下子红了，把搭在保子肩膀上的手收了回去。

“母亲，您真是的。”

“我只是转述邻居太太的话而已。”

“怎么能把人和狗混为一谈呢。”信吾说，但他这话似乎也不太妥当。

菊子抬起低下的头，说：“雨宫家的老爷爷特别关心阿照，还来拜托我们收留它。他的语气非常恳切，我都不知道该怎么回答了。”

“既然如此，那就收下吧。”信吾说，“反正它已经赖在咱们家了。”

雨宫家是阿照原来主人的邻居。由于事业失败，雨宫家卖掉了房子，搬去了东京。雨宫家原先住着一对寄食的老夫妇，在他家帮忙干点家务活。但东京的房子太小了，他们就把老夫妇留在镰仓，租间房子住。那位老人被称为“雨宫家的老爷爷”，他最疼爱阿照，即便搬到出租房，他也时常来看阿照。”

“我这就去告诉老爷爷，让他放心。”菊子说着，向外走去。

信吾没有去看菊子的背影，他的目光仍停留在那只黑色的狗崽身上，突然发现窗边的一株大蓟倒下了。花已经凋零，从茎根处折断，但整株大蓟依然翠绿。

“大蓟真是顽强啊。”信吾喃喃地说道。

冬樱

（一）

除夕半夜下起了雨，到了正月初一，雨仍未停。

从今年开始，年龄要按实岁来计算了，信吾六十一岁，保子六十二岁。

新年第一天本该是可以睡懒觉的，但房子的孩子里子一早就在走廊上跑来跑去，弄出的动静把信吾吵醒了。

菊子已经起床了。

“里子，过来吧。我们来烤年糕汤里的年糕吃。里子也来帮帮忙，好不好？”菊子这么说着，把里子叫去了厨房，似乎是不想让她在信吾卧室的走廊上跑来跑去。不过，里子仿佛没听见似的，依旧在走廊上“啪嗒啪嗒”地跑个不停。

“里子，里子。”房子在被窝里喊她，然而里子连母亲的话也没理会。

保子也醒了，对信吾说道：“正月初一还下着雨呢。”

“嗯。”

“里子醒得早，即便房子能继续睡，可儿媳妇菊子却不得不起床了。”

保子说到“不得不起床”的时候，舌头有些打结，信吾觉得有些滑稽。

“真是好久没有这样在元旦一大早被孩子吵醒了呢。”保子感慨道。

“这以后每天都是这样吧。”

“不一定吧。相原家没有走廊，所以她到了咱们家觉得新鲜，才跑来跑去的。我想，等她习惯了，也许就不会跑了。”

“或许是吧。不过像她这么大的孩子，本来就是喜欢在走廊跑的。‘啪嗒啪嗒’的跑步声简直像黏在木板上一样。”

“那是因为孩子的脚软软的。”保子说着，仔细听着里子的脚步声，又感慨道，“里子今年该五岁了，可按实岁算的话，却变成了三岁，真有种被狐狸戏弄了的感觉啊。我们六十四也好，六十二也罢，其实也没什么大不了的差别。”

“也不见得，其实还出现了一件奇妙的事呢。”信吾说道，“因为我比你早出生几个月，从今年起，有一段时间我们会是同岁的。也就是说，从我生日到你生日之间，我们就同岁了。”

“啊，是这样啊。”保子恍然大悟。

“怎么样，这可是个大发现吧？简直是生平难得一见的大事呢。”

“确实是。不过就算成了同岁，也没什么特别的吧。”保子低声说道。

“里子，里子，里子。”房子又在喊着里子。

里子似乎跑累了，回到了母亲的被窝里。

“脚这么凉啊。”房子的声音传了过来。

信吾闭上了眼睛。

过了一会儿，保子说道：“要是那孩子能在大家起床看着她的时候也像刚才那样跑就好了。可一到人多的时候，她总是安安静静地黏在她母亲身边，不肯离开。”

二人似乎在试探彼此对这个外孙女的感情。

至少信吾觉得，保子好像在探寻他对里子的感情。

也许，是信吾自己在探究自己的心吧。

虽然对于睡眠不足的信吾来说，里子在走廊上“啪嗒啪嗒”的脚步声有些刺耳，但也并未觉得多么恼人。

然而，他对外孙女的脚步声却也没有感受到什么柔情。毫无疑问，他对里子缺乏温柔。

里子跑来跑去的走廊上的木板窗还没有打开，一片漆黑，信吾完全没有注意到。而保子似乎立刻就察觉到了。正是这种细微之事，在保子心中成了对里子的怜惜之由。

（二）

房子婚姻的不幸，像一道阴影一样深深刻在了女儿里子的心里。对此，信吾并非没有感到怜惜，但更多的是一种隐隐作痛、无法排解的烦恼。因为对于女儿婚姻的失败，他束手无策。

虽然看起来似乎已经无计可施，但信吾依旧感到震惊。

对于已经出嫁的女儿的婚姻生活，父母的力量本就有限。然而当事情发展到必须离婚的地步时，信吾才越发感到女儿自身的无能为力。

房子与相原分开了，带着两个孩子回到娘家，这并不能解决问题。房子的创伤无法痊愈，她未来的生活也难以维持。

女人婚姻的失败，难道真的没有解决之道吗？

秋天，房子离开了相原的家，没有回父母家，而是去了信州的老家。父母是在收到房子从乡下发来的电报后，才知道她离家出走的原委。

后来房子是由修一接回来的。

她在父母家住了一个月，随后说要去找相原好好说清楚。尽管家里提议让信吾或修一代为与相原交涉，房子却坚决要自己去。

保子劝她把孩子留在家里，但房子却歇斯底里地反驳道：

“问题不是孩子留不留在家里，而是孩子到底会归我，还是归相原！这根本说不清楚！”

说完这些，她便匆匆离开了，从此再也没有回来。

不管怎样，毕竟是夫妻之间的事情，信吾和保子不知道要等待多少时日，只能在焦虑中一天天地煎熬下去。

房子仍然杳无音信。

她是不是又回到相原那里去了？

“房子是不是就这么糊里糊涂、拖拖拉拉地继续和相原过下去了？”保子问道。

“恐怕是我们把事情糊里糊涂、拖拖拉拉地放任到现在吧。”信吾回答道，夫妻俩的脸上都布满了愁云。

然而，就在大年夜那天，房子突然回来了。

“哎呀，怎么回事？”

保子看到房子和孩子，一脸惊慌。

房子想合上手中的洋伞，但她却双手发抖，伞骨似乎还折了好几根。

保子看着她，问道：“外面在下雨吗？”

这时，菊子走上前去，把里子抱了起来。

保子正在让菊子帮忙把煮好的菜肴装进重箱[①]里。

就在这时，房子从厨房门走了进来。

信吾原以为房子是来要零花钱的，但很快发现并非如此。

保子擦了擦手，走进饭厅，站在那里看了看房子，说道：“相原先生倒是挺会挑时间的，居然在大年夜把你送回来。”

房子没有说话，只是默默地流下了眼泪。

---

① 重箱：盛食品用的多层方木盒，套盒。

“算了吧，至少事情算有个清楚的了断。”信吾说道。

“是吗？可我还是觉得，大年夜被赶出来的人，也太可怜了。”保子叹息道。

“是我自己主动出来的！”房子带着哭腔反驳道。

“是这样啊，那就好。你是想着回来过年，才回来的吧？我刚才说得不好，我向你道歉。这些事，等过了年再慢慢谈吧。”保子说完便转身去了厨房。

信吾对保子的话有些意外，但他也感到其中流露出的母爱。

无论是房子在大年夜突然从厨房门回到娘家，还是里子在大年初一的清晨在漆黑的走廊上跑来跑去，保子都立刻露出了怜惜之意。这固然很好，但信吾隐隐觉得，保子似乎对他有所顾虑。

大年初一的早晨，房子起得最晚。

大家都坐在饭桌前等她，而她却刚开始漱口，化妆又花了很长时间。

修一闲得无聊，说道：“喝屠苏酒之前先来一杯日本酒吧。”说着，他给信吾斟了一杯日本酒，接着说，“父亲的头发好像白了不少啊。”

“嗯，到了我们这个年纪，有时候一天之间就会多出许多白发。甚至不用一天，就在眼前，亲眼看着头发白了起来。”

“不会吧。”

“真的。你不信的话，就盯着看吧。”信吾说着，将头稍微向前探了探。

修一和保子一起看了看信吾的头，菊子也面露严肃，认真地看着信吾的头顶，她把房子的小女儿抱在膝上。

（三）

为了房子和孩子，特意又添了一个暖炉，菊子便去她们那里忙活了。

信吾和修一围着这边的暖炉对坐饮酒，保子则坐在另一边，把脚伸进了被炉里。

修一在家里不太饮酒，但因为大年初一遇上雨天，不知不觉就喝多了。他自斟自饮，完全不顾及父亲，眼神也逐渐变得迷离。

信吾曾听说：修一在绢子的家里喝得酩酊大醉，甚至让与绢子同住的女人唱歌，而绢子听了还哭了起来。此刻，看着修一醉意朦胧的眼神，信吾不禁想起了这件事。

“菊子，菊子！”保子喊道，“把蜜橘也拿一些过来吧。”

菊子拉开隔扇，端着蜜橘走了进来。保子说道：“来这边坐吧，他们两个人只顾着喝酒，一句话也不说。”

菊子瞥了修一一眼，有意岔开话头说：“父亲并没有喝多少吧。”

修一却低声嘟哝着，像是说别人坏话似的说道：“不，我只是在想父亲的一生。”

“父亲的一生？一生的什么？”信吾问道。

“不好说，如果一定要得出一个结论，可能就是，是成功的一生还是失败的一生这种问题吧。”修一说道。

“这种事，哪里知道得了呢……”信吾反驳了一句，然后说，“不过，今年新年，小沙丁鱼干和鱼肉卷的味道基本恢复到战前的水平了。从这个意义上来说，也算是成功吧。”

“小沙丁鱼干和鱼肉卷？”修一重复了一遍。

“是啊，不就是这种事吗？如果你说你在想父亲的一生，那也不过如此吧。”

“不过如此？”

“嗯。普通人的一生，大概就像今年这样，又活了一年，又能吃到正月里的小沙丁鱼干和青鱼子干。想想看，现在已经有多少人再也吃不到了。”

“确实如此。”

“然而，父母的一生是否成功，似乎还要看孩子的婚姻是否成功。这点真让人头疼啊。”

“您是这样觉得的吗？”修一问道。

保子抬起头，小声说道：“别说了，大年初一，房子还在呢。”然后又问菊子，“房子呢？”

“姐姐在睡觉呢。”

“里子呢？”

“里子和她妹妹也睡着了。”

“哎呀，这母女三人居然一起睡着了。”保子说着，愣了一下，脸上却浮现出一副老人特有的天真表情。

这时，厅门打开了，菊子走过去一看，发现是谷崎英子过来拜年了。

“哎呀，这么大的雨，你还来了。”信吾惊讶地说道。他的口吻与刚才保子说“哎呀”时的语气十分相似。

菊子说道：“她说不上屋里来了。”

“是吗？”

信吾走到了门口。

英子手里抱着外套站着，穿着黑色的灯芯绒衣服，她那修过的脸上涂着厚厚的妆容，腰身收得很紧，使整个人显得更加娇小。

英子有些拘谨地寒暄了几句。

“这么大的雨，你还特意过来，真是辛苦你了。我以为今天没人来，我也没打算出门。外面这么冷，快上来暖暖身子吧。”信吾说道。

“是，感谢您。”

英子似乎因为冒着寒风冷雨走了很远，神情中流露出仿佛要诉说什么似的。也许，她是真的有事要说，信吾一时也拿不准。不过无论如何，在这样的雨天赶来，实属不易。

但英子并没有想要上屋里来的样子。

“那好吧，我干脆也出去一趟吧。我们一起走，你先进来稍等片刻。我每年大年初一都会去板仓先生家拜年，他是公司以前的社长。”信吾说道。其实，自早晨开始他就一直惦记着这件事，而英子的到来让他终于下定了决心。他匆匆开始准备。

信吾走到门口时，修一似乎已经躺下休息了，但看到信吾回来换衣服，又坐了起来。

“谷崎来了。”信吾说道。

“嗯。”

修一语气冷淡，似乎完全不在意英子的到来，也并不想见她。

信吾临出门时，修一抬起头，看着父亲的背影说道：“天黑前回来吧。”

“嗯，尽量早点回来。”

庭院里的狗——阿照跑了过来，绕到了门口。

不知道从哪跑出来的一只黑色小狗学着母狗的样子，在信吾朝前门走的时候，摇摇晃晃地跑到信吾面前，半边身子的毛已经湿透了。

“哎呀，真可怜啊。”英子似乎想要蹲下身子看小狗。

“家里这只狗生了五只小狗，已经送走了四只，只剩下这一只了。”信吾说道，“不过，这只也已经有人预订了。”

横须贺线的电车上空空荡荡。

信吾望着车窗外斜斜落下的雨丝，觉得出来一趟也挺不错的，心中感到一种难以言喻的舒畅。

“每年大年初一的时候，去八幡神社参拜的人特别多，列车总是挤得满满的。”信吾说道。

英子点了点头。

“对了，你每年大年初一都会来吧？”信吾问道。

“是的。”英子低着头，沉默了片刻，说，“即使离开了公司，我也希望每年新年都能来拜访您。”

“可你一旦结婚，就不会再来了吧。”信吾说，但随即问道，“不过，今天你来这里，是不是有什么事想说？”

“没有的事。”

“别客气，有什么想说的就说吧。我这把老骨头，脑子都迟钝了。”

“您别说这种糊涂话了。”英子露出一种奇怪的表情说道，“不过，其实我打算辞职了。”

信吾并不意外，但还是一时不知道该如何回答。

“我并不是特意赶在大年初一来跟您说这个的。”英子用大人似的口吻说，“改日再谈吧。”

“是吗？”信吾心情有些低沉。

英子在公司里已经跟随了他三年，但此刻，她仿佛变成了另一个人，明显与往日不同。

然而，信吾平时对英子并没有特别关注，她不过是个普通的女职员。

信吾下意识地想挽留她，但又觉得自己并没有真正留住英子的理由。

“你想辞职，恐怕也是因为我吧。”信吾说道，“让你带我去修一的情人家里，带给你困扰，或者是因为在公司见到修一让你感到痛苦？”

“确实让我很厌烦。”英子直言不讳，“但后来想想，作为父亲，您这样做也是无可厚非的。再说，我也认识到了自己的问题。修一请我跳舞，我就得意忘形，甚至跑去绢子家玩，我真是堕落了。”

“堕落？不至于吧。”

“确实堕落了。”英子悲伤地眯起了眼睛，“辞职以后，我会去找绢子，劝她离开修一，算是对您的报答。”

信吾惊讶之余，觉得有些难为情。

“我刚才在门口见过修一夫人了。”英子说道。

“菊子吗？”

“是的。我觉得很难过，所以才下定决心去找绢子。”

信吾好像感觉到英子的话语很轻松，似乎自己的心情也变得轻松多了。

他甚至觉得，也许这件事会因她的“决心”而意外解决。

“不过，这种事情，我也不好让你去做。”信吾说道。

“这是我自愿做出的决定，也是我想要回报您的恩情。”英子用小嘴唇说着夸张的话语，让信吾觉得有些自愧不如。

他甚至想说：请别轻举妄动，不要多管闲事。但英子似乎对自己的“决定”满心感动。

“夫人那么好，修一却还会对绢子那样的女人纠缠不休，实在让人无法理解。不过，如果是夫人，我倒是不会嫉妒她。”英子继续说，“难道说，那种不会让其他女人嫉妒的女人，反而对男人没有吸引力吗？”

信吾苦笑着，没有回答。

“他常说，夫人像个孩子。”英子说。

“他跟你说过？”信吾的语气变得尖锐起来。

“是的，不仅跟我说过，还对绢子说过。他说，她像个孩子，所以被您这位老爷子喜欢。”

“荒唐！”

信吾不由得盯住了英子。

英子似乎有些慌乱，说道：“不过最近他没再这么说了，最近他都不提他夫人的事了。”

信吾感到一阵愤怒，他意识到，修一说的是菊子的身体。

难道修一要新婚的妻子去当娼妇吗？如此无知，让信吾感到震惊，他也感到一种可怕的精神麻木。

修一不仅对菊子毫无尊敬，甚至还将这些话告诉绢子和英子，这种没有分寸的行为，似乎也是精神麻木的表现。

信吾感到修一的残忍，不仅是修一，绢子和英子对菊子似乎也同样残忍。

难道修一完全感受不到菊子的纯洁吗？

菊子是家中最小的孩子，瘦弱而白皙，脸上带着几分稚嫩。她的形象浮现在信吾的脑海里，让他对修一更加厌恶。

信吾意识到，自己对儿媳的保护，甚至升级到憎恨自己的儿子了，这种情绪未免有些异常。但他无法控制自己。

也许，是因为年轻时他对保子的姐姐怀有憧憬，而在姐姐去世后，他才娶了比自己大一岁的保子。这种“异样”似乎贯穿了他的一生，也让他对菊子产生了格外深重的关切。

菊子因修一过早的出轨而迷失在嫉妒中，但在修一的麻木与残忍之下，又或者正因为这些，她身为女人的自我意识似乎正在逐渐觉醒。

信吾忽然想到，即使是英子，也不过是一个比菊子更“稚嫩”的女孩罢了。

最终，或许是出于一种无形的孤独感，信吾压下了自己的愤怒，沉默了下来。

英子也默默无言，脱下了手套，伸手整理了一下自己的头发。

（四）

热海的旅馆庭院里，正值一月中旬，樱花已然盛开。

据说这是寒樱，从年末便开始绽放，但信吾却觉得自己仿佛置身于另一个世界的春天。

他将红梅误认为是红桃花，而白梅又被他看作杏花或其他什么花。

还没到房间，他便被倒映在泉水中的樱花吸引，径直走向水边。他在桥上伫立，凝视着那片花影。随后，他又走到对岸去观赏伞状的红梅。

红梅树下有三四只白鸭，扑棱棱地逃开。那鸭子黄色的嘴和深黄色的脚掌，也让信吾感受到一丝春意。

明天要接待公司的客人，信吾此行是为了做些准备。与旅馆方面协调后，他便已无事可做。他坐在走廊的椅子上，凝望着庭院里繁花似锦的景色。白色的杜鹃也开了。

然而，从十国峠方向涌来的厚重雨云渐渐压下，信吾只得回到房间。

桌上放着一块怀表和一块腕表，腕表快了两分钟。两只表很少能完全一致，这偶尔会让他在意。

“如果这么在意的话，只戴一块不就行了？”保子曾这样对他说。信吾觉得她说得有道理，但多年的习惯却难以改掉。

到了晚餐前，外面已是狂风大作，暴雨倾盆。停电了，他便早早上床休息。

夜里醒来时，庭院里传来狗吠声，夹杂着海潮般的狂风骤雨声。信吾的额头渗出细小的汗珠，室内闷热潮湿，仿佛春日海边的暴风雨，令人胸口发闷，难以呼吸。

信吾深深吸了几口气，忽然感到一阵莫名的不安，甚至担心自己会吐血。六十岁那年，他曾轻微吐过一次血，但之后一切正常。

“不是胸口的问题，是胃里觉得不舒服。”他喃喃自语。

信吾觉得耳中仿佛塞满了讨厌的东西，那种不适感沿着两侧太阳穴传至额头。他揉了揉脖子和额头。

那海潮般的声音，其实是山中狂风的怒吼声，而这风雨声上方，还夹杂着尖锐的呼啸声，逐渐逼近。就在这狂风暴雨声的深处，他隐约听见一阵低沉的轰鸣声。

那是火车穿越丹那隧道的声音，信吾确信无疑。火车驶出隧道时，汽笛响起。然而，听到汽笛声后，信吾突然感到一阵恐惧，猛然清醒过来。那汽笛声异常悠长。

若火车穿越全长七千八百米的隧道需要七八分钟，那么信吾似乎从火车进入隧道的那一刻起，便全程听到了它的声音。然而，当火车刚进入函南一侧的隧道口时，这个距离热海方向的旅馆至少还有七百多米远，他却仍能听到隧道内的声音，这可能吗？

信吾可以确认，伴随着那声音，他在脑海里的确清晰感受到火车穿行于漆黑的隧道中。从隧道的那一端到这一端，他都能感知到火车的存在。当火车终于驶出隧道时，信吾也不禁松了口气。

然而，这一切未免太过诡异。信吾决定天亮后向旅馆工作人员打听，或者打电话询问车站。

他久久无法入睡。

“信吾！信吾！”他似梦似醒间听到有人呼唤他的名字。

这声音，除了保子的姐姐外，不会是别人。

信吾感到一种恍惚般的甜蜜，从美梦中睁开双眼。

“信吾！信吾！信吾！”

那声音似乎来自窗下，仿佛有人悄悄走近，在那里低声唤他。

信吾猛然醒来，外面小溪的水声异常清晰，还隐约传来孩子们的喧闹声。

他起身打开后窗，清晨的阳光洒落进来。冬日的朝阳带着一丝春雨洗过后的温暖光辉。

小溪对岸的路上，七八个小学生聚在一起。刚才的呼唤声，或许是孩子们相互招呼的声音吧。

然而，信吾依然探出身子，仔细搜寻小溪这边的竹林，试图发现什么蛛丝马迹。

早露

（一）

大年初一那天，修一对信吾说："父亲，您的头发几乎全白了。"信吾回答道："到了我们这个年纪，有时一天就会长出许多白发。不，甚至就在你眼前，也能眼睁睁看到它一点点变白。"

他说这话时，想起了北本。

信吾学生时代的好友们，如今大多已年过六十。从战争期间到战败后，命运急转直下的人不少。五十多岁时，位高权重，一旦跌落，便摔得极惨，倒下后也很难再站起来。到了那个年纪，还要承受送子赴战场的打击。

北本的三个儿子都在战争中牺牲了。当公司的业务因战争需求转型时，北本成了无用的技术员。

"听说他后来每天对着镜子拔白发，拔着拔着，精神就不正常了。"

某天，一个老朋友来公司拜访信吾，提起了北本的事情。

"他连公司也不去了，闲在家里，为了打发时间，就对着镜子拔白发。起初家里人也没当回事，只以为他是闲得无聊，劝他别太在意。但北本每天都蹲在镜子前，昨天刚拔的地方，第二天又长出了白发。实际上，他的白发多到根本拔不完。随着时间推移，北本在镜子前待的时间越来越长。要是家里人看不到他，就知道他多半是在镜子前拔白发。他就算离开镜子，也会坐立不安，很快又回到镜子前继续拔。”

“那他的头发怎么还没被拔光？”信吾笑着问。

“这可不是笑话，是真的拔光了，一根头发也没剩。”老友认真地说道。

信吾听了不禁大笑起来。

“真的不是开玩笑。”友人看着信吾，继续说，“听说北本越是拔白发，头发反而白得越快。他拔掉一根白发，旁边的两三根黑发就会慢慢变白。他盯着镜子，看着自己白发越来越多，眼神说不出的怪异。到后来，头发越来越少，变得稀稀拉拉。”

信吾忍住笑，问道：“他太太就任由他这样拔吗？”

友人继续一本正经地说：“等头发所剩无几时，剩下的就全都是白发了。”

“那应该很疼吧？”

“拔的时候？他很小心，一根一根地拔，怕拔掉黑发，所以并不觉得疼。可医生说，头发拔光后，头皮会变得紧绷，用手摸一下也会痛得厉害。虽然不会流血，但他没了头发的头皮发红发亮，最后还是被送进了精神病院。据说在精神病院，北本把仅存的几根头发也拔光了。听着就让人不寒而栗，这简直是种可怕的妄想症。他抗拒衰老，想变年轻。也说不清，是因为疯了才拔白发，还是因为拔白发拔疯了。”

“后来他恢复了吗？”

“恢复了，真是个奇迹。他光秃秃的头上，竟然又长出了浓密的乌发。”

“那倒是个好消息。”信吾笑得更加畅快了。

“这可是真事。”友人却没有笑，“精神失常可不分年龄。说不定我们发疯了，也能焕发青春呢。”

友人的眼神扫过信吾的头发，补充道：“不过我已经没希望了，你倒还有可能。”友人话音里透着自嘲，因为他自己的头顶已经秃得只剩下两侧稀疏的头发。

“那我也试着拔一拔看看？”信吾半开玩笑地说道。

“拔吧。不过你没那种把头发一根不剩全拔掉的热情吧？”

“没有。我对白发没怎么在意，也没疯到想黑发变回来的地步。”

“那是因为你生活安稳，没经历什么苦难。”

“你说得真简单。就像你轻轻松松地对北本说，与其拔不完白发，不如染黑一样。”信吾说。

“染发只是掩盖而已。要是我们想着用这种掩盖的方法，就别指望像北本那样出现奇迹了。”友人说。

“可我听说北本不是已经死了吗？就算你说的那种奇迹发生，他的头发变黑了，年轻了，又能怎样？”

“他的葬礼你去了吗？”

“那时我还不知道他去世了。等战后稍微安定下来才听说。而且，那时候东京还在遭受空袭，就算知道，我也不会冒险前去。”

“看来不自然的奇迹是无法长久的。北本也许是在用拔白发反抗衰老、反抗命运的没落，但生命这种东西，却不容许人违抗。就算头发变黑了，寿命也不会因此延长。或许正相反，因为他头发重新变黑，耗尽了精力，反而缩短了寿命。不过，北本的这场拼命冒险，跟我们也不是全无关系。”友人感慨着摇了摇头，他那秃顶上稀疏的头发像帘子一样垂散在两侧。

“最近无论见了谁，都是一头白发。就连我也是，战争期间头发还没怎么白，但战后却一下子全白了。”信吾说道。

信吾并没有完全相信友人的话，只当是添油加醋的传闻。不过，北本确实已经去世了，这一点从别人那里也听说过。

友人离开后，信吾独自回想刚刚的谈话，不禁感到一丝异样。既然北本确实死了，那么他头发重新变黑也可能是真的；如果头发变黑是真的，那他发疯也是真的；如果发疯是真的，那他把头发拔光也是真的；如果拔光头发是真的，那他对着镜子时头发变白也是真的。照这么推论，友人的话或许全是真的。信吾越想越觉得诡异。

“我倒忘了问，他死的时候，头发是黑的还是白的？”信吾喃喃自语，露出一丝苦笑。这笑声轻得只有他自己听得见。

即便友人的故事完全属实，毫无夸张，言语间却也带着对北本的嘲弄之意。两个老人轻浮而残酷地谈论另一个已故老人的事情，信吾回过头来对此感到些许苦涩。

在信吾学生时代的好友中，死法非同寻常的还有水田。水田是与年轻女子去温泉旅馆时猝死的。去年底，信吾还被迫买下了水田的遗物——两张能剧面具。至于北本，信吾唯一为他做的事，大概就是将谷崎英子引荐到公司了。

水田死于战后，信吾去参加了葬礼。但北本死于空袭时期，消息还是后来才得知的。直到谷崎英子带着北本女儿的介绍信来公司时，信吾才知道北本的家人已经疏散到岐阜县去了。

英子说她是北本女儿的同学，但信吾觉得，这托人介绍的请求来得有些唐突。他甚至从未见过北本的女儿。英子也说，她自战争期间就没再见过北本的女儿。信吾觉得，这两个女孩都显得有些轻浮。若北本的妻子真的想起信吾，完全可以亲自写信，而不是让女儿托人。

信吾对这份介绍信并没有升起什么责任感。见到英子体质单薄，更让信吾觉得她是个轻率的女孩。

尽管如此，信吾还是安排英子进了公司，并让她负责自己的事务室。英子竟然在公司干了三年。三年虽然不长，但信吾后来觉得，对英子来说，算是难得的坚持。

在这三年里，英子和修一一起去跳过舞，甚至还频繁出入修一情人的家。信吾甚至让英子带路，亲自去看过那位情人的住处。最近，英子似乎对这些事情感到厌烦，连公司也不愿意待下去了。

信吾从未跟英子提过北本的事。英子大概不知道她友人的父亲是疯了之后死去的吧。或许她们也不是那种能够随便造访对方家庭的亲密朋友。

信吾曾认为英子是个轻浮的姑娘，但是从她引咎辞职这件事情来看，信吾觉得英子也有些良心和善良。因为还没有结婚，这种良心和善良让人感到很纯洁。

（二）

“父亲，您起得真早啊。”

菊子把自己准备洗脸的水倒掉，重新为他打了一盆清水。

几滴鲜血“滴答”落入水中，血滴缓缓扩散，逐渐变淡。

信吾猛然想起自己曾轻微咯过血，觉得这血比自己的还要鲜艳，心中一惊，以为菊子咯血了。而那其实是鼻血。

菊子用毛巾捂住了鼻子。

“仰头，仰头！”信吾一边说，一边伸手扶住她的背。菊子却微微挣脱，向前踉跄了一步。信吾迅速抓住她的肩膀，将她往后拉，轻轻托住她的额头，让她仰起头。

“啊，父亲，我没事的。真是对不起。”

菊子说话的时候，血顺着她的手掌滑到手肘，形成一条血痕。

“别动！蹲下，躺下！”

在信吾的搀扶下，菊子蹲了下来，靠在墙壁上。

“躺下去。”信吾又重复了一遍。

菊子闭上了双眼，一动不动。她的脸色苍白，仿佛昏厥了一般，却又带着一种孩子般的稚气与无助，像是放下了一切的神情。她额前的刘海儿下微微露出一道淡淡的伤疤，落入信吾的眼帘。

“止住了吗？止住了的话，就回房间去躺着休息。”

“嗯，已经没事了。”菊子用毛巾擦了擦鼻子，说道，“这脸盆脏了，我现在去洗干净。”

“不用了，我来。”

信吾急忙将脸盆中的水倒掉，看到水底似乎还有些许泛红的血迹。他没有再用脸盆，而是直接用手接了水，简单洗了洗脸。

洗完后，他想着是否该去叫醒妻子，让她过来照顾菊子。但转念一想，菊子大概不愿让婆婆看到她这副虚弱的模样。

菊子流鼻血的模样，让信吾觉得就像她心中的痛苦正在涌出，化作鲜血一般。

此时，信吾正站在镜子前梳头，菊子从他身后走过。

“菊子。”

“是的，父亲。”她转身回应，但随即又走进厨房，拿起火钳，盛了些炭火回来。信吾看到炭火中的火星四溅。菊子用煤气点燃了炭火，准备将它放入饭厅的暖炉中。

“啊！”信吾轻轻惊呼了一声。他突然想起，自己竟然忘了女儿房子已经回来了，带着两个孩子正住在隔壁。饭厅里有些昏暗，是因为隔壁房间里房子和她的两个孩子还在睡觉，雨窗没有打开。

原本，他完全可以叫醒房子来帮忙，没必要惊动妻子。然而，当他刚才犹豫着要不要叫醒妻子时，竟然完全没想起房子，这让他觉得有些奇怪。

信吾把脚伸进暖炉里，菊子端来一杯热茶。

“你是不是觉得有些晕？”

“有一点。”

“现在天还早，今天不如多休息一下。”

“没事的，我还是动一动比较好。刚才出去取报纸，吹了一会儿冷风，感觉好多了。听说女人流鼻血不用担心的。”菊子淡淡一笑，语气轻松地说，“这么冷的天，父亲怎么起得这么早呢？”

“也不知道为什么。天还没亮，寺里的钟声还没响，我就醒了。那钟声不论冬夏，都是六点敲响吧。”

尽管清早起得比谁都早，但信吾总是比修一晚一些出门上班。冬天里，他常常这样。午饭时，信吾邀请修一去附近一家西餐馆，边吃边说：“你知道菊子额头上的伤疤吗？”

“知道的。”

“那是她出生时，因难产，医生用产钩留下的痕迹吧。虽然不能说是出生时受苦的印记，但菊子一有难受的时候，那伤疤就特别显眼。”

“今早的事吗？”

“是啊。”

“可能是流鼻血的缘故吧。她脸色不好，伤疤就显出来了。”

信吾心中一动，不知菊子是什么时候把流鼻血的事告诉了修一，内心有些失落，但嘴上说：“昨晚菊子也没怎么睡吧。”

修一皱起眉头，沉默片刻，忽然说：“父亲，其实没必要对外人太客气。”

“外人？你说的是谁？她可是你的妻子。”

“正因为是我的妻子，我才想说，父亲没必要对她太过客气。”

“你到底什么意思？”

修一却没有再回答。

（三）

信吾走进会客室时，英子坐在椅子上，而另一位女性站在旁边。

英子起身礼貌地说："好久不见，天气暖和起来了。"带着寒暄的意味。

"是啊，有两个月了吧。"

英子似乎稍微发福了一些，胭脂粉也涂得更浓了。信吾不禁想起曾经与英子一同跳舞时，觉得她的乳房只有手掌大小。

"这位是池田小姐，上次和您提过的……"英子一边介绍，一边露出仿佛快要哭出来般的可爱表情，那是她认真时的惯常表情。

"哦，我是尾形。"

尽管心中明白，信吾却无法对那位女性说"修一承蒙您的关照了"这样的话。

"池田小姐其实不愿意见您，她说没有理由见面，但我硬是把她拉来了。"英子说道。

"是吗？"接着信吾对英子说，"在这里好？还是去别的地方好？"

英子转头看向池田，似乎在征求她的意见。

"我觉得这里挺好的。"池田不太友好地说道。

信吾心中一片困惑。英子曾提过要安排信吾与修一的情人同住的女性见面，但信吾当时只是一笑置之。没想到辞职两个月后，英子竟真的付诸了行动。这是否意味着分手的事情终于有了结果？信吾等待池田或英子开口。

“其实，我是因为英子唠唠叨叨的，虽然觉得见一面也解决不了问题，可还是过来了。”池田的语气带着些许抗拒，“不过，能来这里见您，是因为我也早就劝绢子小姐和修一分手。而且我觉得如果能和您见面，让您帮忙促成他们分手，这样或许更好。”

“嗯。”

“英子小姐觉得欠您人情，同时也很同情修一的妻子。”

“她真是位好太太。”英子插话道。

“虽然英子小姐这么劝过绢子小姐，说夫人是个好人，所以您退让吧。但现在愿意为这种理由退让的女人已经很少了。绢子小姐甚至反过来说：‘如果要我还回别人，那就把我的战死的丈夫还给我吧。’她还说：‘如果丈夫能活着回来，不管他多么花心，甚至在外面有了女人，我也会任由他去。’有时候她会问我：‘池田小姐，您怎么看？’说实话，作为一个失去丈夫的女人，我并非完全不能理解。绢子还说：‘丈夫去打仗，我们不也得耐心等待吗？丈夫在战争中死了，我们怎么办？修一上我这儿来，既不用担心他会死，也不会让他受伤，还不是好好地回家了呀。’”

信吾忍不住苦笑。

“再怎么好的妻子，也没经历过丈夫战死的痛苦。”

“这话有些蛮不讲理了。”

“是啊，这大多是喝醉后哭诉的话。不过，有一次修一和绢子二人醉得不成样子，他回家对妻子说：‘你又没经历过等待参战丈夫归来的煎熬，你只是等一个肯定会回家的人而已。’这样的事情，我自己也经历过。失去丈夫的遗孀在恋爱方面，似乎总有些不堪。”

“哦？这怎么说？”

“有些男人，像修一先生，一旦醉酒，就像是变了个人。修一对绢子做了很粗暴的事，还让她唱歌。绢子小姐不喜欢唱歌，只好由我小声地唱，为的是让修一安静下来，不至于闹得邻居不堪其扰。可当我被迫唱歌时，心里总觉得自己受到了侮辱。不过后来，我想到这或许不是酒癖，而是战地留下的毛病。我想，在战地某处，修一可能也这样玩弄女人吧。这样一想，从修一的失态中，我仿佛看到了自己战死的丈夫在战场上玩弄女人的样子。我不由得一阵揪心，头脑一片混乱，也不知道怎么回事，我产生了一种错觉，自己仿佛成了丈夫玩弄的那个女人，于是就唱着粗俗的歌，还哭了。后来我和绢子说了这件事，虽然觉得自己的丈夫不至于做出这种事，但也许真的有可能是这样。后来，只要我被修一逼着唱歌，绢子也会跟着哭……”

信吾意识到这是一种病态的关系，沉下了脸。

“这样的事，就算为自己着想，也必须尽早结束。”信吾说。

“是的，有时候修一离开后，绢子小姐会对我感叹：‘如果继续这样下去，我们恐怕真的会堕落。’如果真的害怕堕落，那分手岂不是更好？然而，如果真的分手了，绢子小姐反而担心自己会真正堕落下去。女人嘛……”

英子插话：“放心吧，她不会有事的。”

“是啊。她一直在努力工作，英子也看见了吧。”

“嗯。”

“我这身衣服也是绢子裁剪的。”池田指了指自己的西服，“技术仅次于主任裁剪师，她深受店家的器重，替英子谋职的时候，店家当场就同意了。”

“你也在那家店工作？”信吾惊讶地望着英子。

“是的。”英子点了点头，脸上泛起一片潮红。

信吾无法理解英子的心思——依靠修一的情妇绢子找工作，却又带着池田来见自己。

“所以，我认为在经济上，绢子是不会给修一添麻烦的。”池田说。

“当然是那样啦。经济上嘛……”信吾有点恼火，但话说半截又吞了下去。

“我一见到绢子被修一欺负，我就说了。”池田耷拉着头，双手放在膝上，“修一毕竟也是负伤回来的，是心灵上的伤兵，所以……”池田抬起头，又说：“不能让修一另立门户吗？有时候我想，如果修一和妻子两个人单独生活，他或许会同绢子分手的。我也考虑了很多……”

“是啊，可以考虑考虑。”

信吾像是认同似的答了一句，尽管心里反感这种建议，但也确实引起了共鸣。

（四）

信吾对于池田这个女人并无所求，所以他几乎什么也没说，只是听着对方滔滔不绝地讲述。

在对方看来，信吾既不肯让步，但如不推心置腹地商量，又何必来见面呢？她所说的话，看似为绢子辩解，其实又不尽然。

信吾心中暗想，自己是否应该感谢英子和池田呢？对她们的来访，他并没有怀疑或胡乱猜测。但或许，他的自尊心受到了某种屈辱，回去时他去参加公司举行的宴会。他刚刚坐下，一名艺伎就凑近耳边低声说了些什么。

“什么？我耳背，听不清！”他有些恼火地说，一把抓住了艺伎的肩膀。虽然他很快松开了手，但艺伎还是捂着肩膀喊了一声：“好痛啊。”

见信吾表情尴尬，艺伎轻声说：“请您过来一下。”然后，她挽着信吾的胳膊，将他引到了走廊。

晚上十一点左右，信吾回到了家，可修一还没有回来。

在饭厅对面的房间里，房子正一边哺乳，一边用手肘撑着床，抬头对信吾说道：“您回来了。”

“嗯，回来了。”信吾应了一声，目光看向她，“里子睡了吗？”

“是的，她刚刚睡着。她还问我一万日元和一百万日元哪个多，说得大家哈哈大笑。我告诉她等外公回来问问外公，结果没等到就睡着了。”

“哦。”信吾轻笑着说，“如果是战前的一万日元和战后的一百万日元呢？的确有趣。”随后，他对菊子说道：“菊子，倒杯水给我。”

“好的，您要喝水吗？”菊子有些惊讶地问，然后站起了身。

“是的，井水就好，不要加了漂白粉的。”信吾提醒道。

“明白了。”

房子此时躺在被窝里说：“战前里子还没有出生，我也还没结婚。”

“不管战前战后，看来还是不结婚比较好。”听到后院井边汲水时发出的咯吱声，信吾的妻子幽幽地说：“听到这抽水泵的声音，现在也不觉得寒冷了。冬天早晨，为了准备您的茶，菊子总是天不亮就在井边抽水，听那咯吱咯吱的声音，我在被窝里都觉得冷呢。”

信吾压低声音说：“实际上，我在考虑是不是应该让修一他们另立门户呢？”

“另立门户吗？”妻子问。

“这样可能会更好。”

“是啊。如果房子一直留在我们这里的话……”妻子正欲说下去。

“母亲，我会离开的。如果要他们另立门户的话。”房子突然起身说。

“我会搬出去，这样才对吧。”她继续说。

“这和你无关。”信吾冒出了一句。

“怎么会无关呢？太有关系了！相原骂我说：‘你脾气不好，是因为你爸爸不喜欢你。’我听到这话，喉咙像被什么东西堵住了一样，那种耻辱感让我无法释怀！”

“好了，冷静一点吧，都三十岁的人了。”信吾劝道。

“在这种环境下，怎么可能冷静得下来？”房子双手掩住自己丰满的胸部，掩饰着情绪。

信吾像是疲惫不堪似的站起身说：“老婆子，咱们睡觉去吧。”

此时，菊子端着一杯水回来，手里还拿着一片大叶子。信吾站着喝了一大口水，随后问她：“你手里拿的是什么？”

“是枇杷的新芽。井边朦胧的月光，照得新芽白白软软的，我好奇，便摘了一片。”

“女学生那点小情趣。”房子冷冷地嘲讽了一句。

夜声

（一）

信吾从一阵像是男人的呻吟声中醒来，他一时分辨不出是狗的叫声还是人的声音。起初，他以为是家里的狗阿照在痛苦地哀号，心想是不是狗被人下了毒。突如其来的惊恐让他的心跳加速，他情不自禁"啊"地按住了胸口，几乎以为自己的心脏病发作了。

然而，意识逐渐清晰后，他听出来那不是狗的声音，而是人的低吟。那声音像是有人被掐住脖子，舌头发僵，发出的断断续续的呻吟。信吾不由得感到一阵寒意袭来，脑海中浮现出有人正在遭受伤害的情景。

"听啊，听啊！"他听见有人好像这样呼喊。

是喉咙被堵住后发出的痛苦的呻吟声，说话含混不清。

"听啊，听啊！"

都已经处于快要被对方杀死的危险境地了，竟然还说要去听对方的理由吗？

门外传来重重的撞击声，似乎有人倒在门上。信吾耸耸肩膀，做出了准备起身的姿势。

"菊子，菊子！"

那是修一的声音。他的舌头打结，连"ku"音都发不出来，听起来显然是已喝得烂醉如泥了。

信吾筋疲力尽，头枕在枕头上休息了。但胸口的悸动仍未平复，他一边缓缓地抚摸着胸口一边调整呼吸。

门外的撞击声还在持续，伴随着修一哀切的呼喊："菊子，菊子！"

不像是在用手敲门，更像是醉醺醺的身体一次次撞向门板。

信吾本想站起身去开门，但又忽然意识到，自己出面未必合适。

修一呼唤着菊子，那声音仿佛已抛开了尘世与自身的一切，透着绝望的爱与悲哀。这种声音，只有在遭受极端疼痛和苦楚的时候，抑或是因生命遭受威胁而恐惧万分的时候，才会发出这种像幼儿在用稚嫩嗓音呼唤母亲、寻找母亲时的那种呻吟声，也像从罪恶的深渊中挣扎而出的哀求。修一用他那颗可怜的赤裸裸的心在向菊子撒娇。他大概以为妻子听不见，再加上几分醉意，才发出了这种撒娇声吧。这也像是在恳求菊子的声音。

"菊子，菊子！"

修一的悲伤也传给了信吾，信吾闭上眼，心中不由得泛起一丝怜悯：自己这辈子，是否曾以如此绝望的爱呼唤过妻子的名字？修一在异国战场上经历过的某些绝境，自己或许连感同身受都谈不上。他静静地倾听，希望菊子能醒来，去应付修一那悲惨的呼喊。但同时，信吾也觉得这种场景被儿媳听见，多少让人感到羞愧。信吾想过，如若菊子没起来，就把妻子保子叫醒，可他还是希望菊子能先起来。

信吾用脚尖把热水袋推到被窝边上。春天还使用热水袋，这才引起心悸的吧。

信吾的热水袋是由菊子负责照料的。

“菊子，灌热水袋就拜托你了。”信吾经常这么说。菊子灌的热水袋，保暖时间最长，热水袋口也拧得最紧。

保子不知是固执，还是健康，这个年纪了还是不喜欢用热水袋。她的脚很暖和，五十多岁时，信吾经常靠妻子的身体取暖，近年来才分开的。

保子也从没有把脚伸到信吾的热水袋那边。

“菊子，菊子！”门外又传来了敲门声。

信吾打开枕边的灯，看了看表，快凌晨两点半了。

横须贺线的末班电车是凌晨一点前到达镰仓，修一到镰仓后，大概又泡在站前的酒馆里了。

方才听见修一的声音，信吾心想“修一和东京那个情人的事情，也许指日可待了”。

菊子终于醒了，她起身从厨房走出去。信吾长舒一口气，关了灯，仿佛一切得以妥善解决。他在心中默念了一句：“原谅他吧，菊子。”

门外，修一已经醉得站立不稳，几乎倒在菊子身上。他粗鲁地抓住菊子的头发，菊子柔声说道：“疼！放手！你的左手抓住了我的头发呢。”

修一似乎意识到了什么：“是吗？”

两个人在厨房里纠缠着，听起来菊子正努力让修一平静下来：“别乱动，乖乖的……把腿放在我膝上……每次一喝醉，脚就肿得厉害。”

修一低声咕哝：“脚肿？胡说八道。”

菊子像是把修一的脚放在了自己的膝上，替他把鞋子脱了下来。菊子宽恕他了，信吾不用为此挂心了。夫妻之间，菊子或许反倒乐于见到能像这样选择宽容的时刻。也许菊子也一直在用心倾听着修一的呼唤呢。

即便修一从其他女人那里醉醺醺地回来，她仍愿意伸手去脱下他的鞋，照顾他疲惫的身体。也许，她对修一的柔情早已包含了一种理解和接受。

不久，菊子将修一安置好，又回到厨房锁上了门窗。修一的鼾声渐渐传入信吾的耳中。他想，刚才那个满身酒气的修一在妻子怀中瞬间沉沉睡去，而此前陪着他喝酒、忍受他坏脾气的女人——绢子，此刻又会是什么样的心情呢？据说修一在绢子家里一喝醉就撒野，甚至把绢子弄哭。

更何况，正是因为修一认识了绢子，菊子才在偶尔的失落中，变得比以前更加妩媚动人。信吾闭上眼，心中百感交集。

（二）

修一的呼噜声很快停了下来，但信吾却再也无法入睡。

信吾不禁想：是不是保子打呼噜的习惯也传给了儿子修一。但转念一想，也许今晚是因为修一喝多了酒的缘故。

最近，信吾连妻子的呼噜声也几乎听不见了。天气寒冷的时候，保子似乎睡得更香。信吾知道，自己如果睡眠不足，第二天记忆力会变得更差，有时还容易陷入一阵感伤的情绪中。

或许刚才，修一喊着“菊子”的声音，也是因为信吾心中感伤的缘故才那么敏感地听见了吧。其实修一不过是舌头打结了而已，或者是想用醉态掩饰自己内心的羞愧罢了。

听着修一那含混不清的喊声，信吾似乎从中感受到了一种爱意和悲哀。但仔细想想，这大概只是信吾将自己对修一的期待投射到他身上罢了。

不管怎样，听到那一声呼唤后，信吾释怀了。他相信，菊子也一定已经原谅了修一。对于这种亲情中的自私，信吾自己也了然于心。

信吾自以为对儿媳菊子已经很温和了，但内心深处，似乎还是偏袒着自己的儿子。

修一的行为确实不堪：他在东京的情人那儿喝得酩酊大醉，最后摔倒在自家门前。

如果那时是信吾出去开门，他定会皱起眉头，而修一大概也会因此清醒不少。幸好，开门的是菊子。修一扶着菊子的肩膀，踉踉跄跄地进了家门。

菊子，既是修一的受害者，又似乎是他的赦免者。

仅仅二十出头的菊子，要与修一这样生活到信吾和保子的年纪，恐怕还得不断地原谅他一次又一次。那么，菊子会一直无条件地宽恕他吗？

然而，夫妻关系，有时就像是一个不见底的深潭，彼此的过错最终都会被吞噬殆尽。甚至，无论是绢子对修一的爱，还是信吾对菊子的爱，或许终将被吸到修一和菊子夫妻关系的深潭中，消失得无影无踪。

信吾觉得，战后法律将家庭单位从亲子关系改为夫妻关系，是有道理的。

“归根结底，就是夫妻的深潭啊。”他低声喃喃道。

“让修一自立门户吧。”

也许是上了年纪的缘故，信吾心里所想的事，不由得变成自言自语了。

信吾的“夫妻的深潭”一语，意指夫妻二人相依为命，在承受彼此恶行的同时，日复一日地加深这潭水的深度。

妻子意识的觉醒，或许正是从正视丈夫的恶行开始的吧。

此刻，信吾觉得自己的眉毛发痒，用手揉了揉。

春天快到了。

即使半夜醒来，也不像冬天那样令人烦躁了。

在被修一的声音吵醒之前，信吾其实已经从梦中惊醒，那时他还记得梦的内容。然而被修一吵醒后，梦却几乎忘得一干二净。

或许，是因为自己心跳过快，才抹去了梦的记忆。

他唯一记得的，是梦中一个十四五岁的少女堕胎的情景，以及一句话："因此，某某子成了永恒的圣女。"

信吾记得，他梦中是在读一个故事。而这句话，正是那个故事的结尾。

阅读故事时，他像是在梦里看了一场戏剧或电影。信吾没有参与梦中的故事，他完全是以观众的视角在看。

十四五岁堕胎却成了"圣女"，看似荒诞，但背后有一个很长的故事。梦中的故事，是少年与少女之间纯真爱情的名作。当他读完这个故事醒来时，心中仍留有一丝感伤。

故事中，少女不知自己怀孕，也未曾想到要堕胎，只是一心念想着被迫分离的少年。然而，这样的情节又显得不自然且不纯粹。

忘却了的梦，日后也无法再重温。而读故事时的那种情感，也是梦境的一部分。

在梦中，那位少女应该是有名字，自己也理应见过她的脸，但现在信吾只记得她的体型——或者说是那种纤瘦的感觉，她好像穿着和服。

信吾猜测，自己是否在梦中把少女的形象与保子美丽的姐姐联系在了一起，但显然并非如此。

这个梦的来源，不过是昨晚报纸上的一篇文章而已。

文章标题是《少女产下双胞胎——青森奇闻（思春）》。内容提到青森县的公共卫生部门调查发现，依据"优生保护法"进行人工流产的人中，十五岁有五人，十四岁三人，十三岁一人，而高中年龄段（十六至十八岁）有四百人，其中高中生占比 20%。此外，还有初中生怀孕的情况：弘前市一人，青森市一人，南津轻郡四人，北津轻郡一人。由于缺乏性知识，即便接受了专业医生的手术治疗，仍存在 0.2% 的死亡率和 2.5% 的重症率。而那些隐瞒事实、选择非法堕胎而去世的少女，则更令人心寒。

分娩实例也列举了几例。北津轻郡一个十四岁的初中二年级学生，去年二月突然阵痛，分娩产下了双胞胎，母子平安。现在年幼的母亲目前读初中三年级，父母都不知道女儿怀孕的事。

青森县一名十七岁的高中二年级女生，和同班的男同学私订终身，去年夏天怀了孕。双方父母认为二人还只是学生，让女生做了人工流产。可是那名男生却说："我们不是闹着玩儿的，我会在不久后和她结婚。"

信吾被这篇文章深深震撼，然后带着这样的情绪入睡，梦到了堕胎的少女。然而，在梦中，少年少女并未显得丑陋或邪恶，而是化作了一段纯爱故事，最终"永恒的圣女"成为梦的结局。这种情节，连信吾自己也未曾预料到。

信吾的震惊，在梦中竟然变得如此美好。这是为什么呢？

或许，在梦中，信吾不仅拯救了堕胎的少女，也救赎了他自己吧。无论如何，他的梦中展现了善意。梦是否唤醒了信吾内心的善良？抑或是，老年时期仍然残留的青春记忆，使他梦到了少年少女间的纯爱？带着一丝感伤，他沉浸其中，柔软了内心。

正是因为这份感伤，信吾听到修一低沉的呼唤声时，才首先以善意去解读，进而感受到爱与悲哀吧。

（三）

次日清晨，信吾在被窝中听见菊子叫醒修一的声音。

最近，他早早就会醒来，这让他有些苦恼。但因为贪睡的保子总是告诫他说："老年人最好别乱折腾，早起也是讨人嫌的。"他自己也不好意思比儿媳妇菊子起得还早。于是，每天他都会悄悄地打开玄关的门取来报纸，然后回到被窝里悠闲地阅读。

修一似乎去了洗漱间，他想要刷牙，大概是因为牙刷放在嘴里不舒服，他不时发出呕吐声。

菊子碎步跑进了厨房。

信吾起了身，走廊上正巧遇见了从厨房折回来的菊子。

"啊，父亲。"

菊子停住了脚步，险些撞上信吾，她脸颊微微泛红。她手中端着的酒杯里洒出了些许液体，显然是为了给修一解宿醉，她特地从厨房取来冷酒。

菊子未施粉黛，微显苍白的脸上泛起红晕，略显睡意的眼帘中露出腼腆的神色，两片未抹口红的唇间露出了美丽的牙齿，她羞涩地微微笑了笑，信吾觉得她可爱极了。

信吾感叹道：原来菊子身上还有这般孩子气的一面。这一情景让他想起昨夜的梦。

但细细一想，如今这年纪的少女结婚生子，其实也并不稀奇。旧时代里，早婚现象更是比比皆是。甚至信吾自己年少时，也已经深深地爱慕保子的姐姐了。

菊子知道信吾坐在饭厅里，就急忙上前打开那里的木板窗。

晨光透过窗子洒了进来，春意盎然的阳光让菊子惊讶，她似乎也察觉到身后信吾的目光，于是抬起双手将散乱的头发匆匆挽起。

神社的大银杏树尚未发芽，但清晨的阳光与空气中，仿佛已有了树木萌发的气息。

菊子很快整理好妆容，端来了一杯玉露茶。

“父亲，请用茶，稍微来迟了些。”

信吾晨起后会喝一杯用热水冲泡的玉露茶，虽然冲泡热茶需要技巧，但菊子掌握得恰到好处。

信吾心想：若是未出阁的少女为他沏茶，会不会更添一丝韵味？

“给醉汉端去解醉的酒，再给老年人沏玉露茶，菊子真是够忙的了。”信吾开玩笑说。

“哎呀，父亲，您都知道了啊？”

“我醒着呢。起初还以为是小狗阿照在吠呢。”

“是吗？”

菊子低头坐了下来，显得有些局促。

“我可比菊子更早被吵醒。”隔着隔扇，保子说，“那呻吟声听着真让人不舒服，但阿照没有叫，我才知道是修一。”

房子穿着睡衣，抱着正吃母乳的小女儿国子走进了饭厅。虽然房子其貌不扬，可她的乳房却是白白嫩嫩的，非常丰满。

“喂，这是什么样子？太不讲究了。”信吾责备道。

“嫁给一个不讲究的相原，我也只能这样了吧。您要是怕女儿变得不讲究，当初就该好好查查相原家啊。”房子将孩子从右乳移到左乳，嘴上依旧不依不饶。

“男人和女人可不一样。”信吾反驳。

“哪里不一样？您看看修一。”

房子说着，便往洗漱间走去。她粗鲁地把婴儿交给了菊子，孩子一下子哭了起来，但房子毫不在意，继续向前走。

这时保子洗完脸回来，接过孩子，说：“这孩子的父亲究竟打算怎么办？自从大年夜房子回到娘家，到现在已经两个多月了。您总说房子不讲究，但关键时候，您自己不是更不讲究吗？当初大年夜时您说什么‘有个清楚的了断’，结果又不了了之。相原家也没任何表示。”

保子低头看着怀中的孩子，又说：“您以前使唤过的那个谷崎，她的情况，据修一说是半个遗孀。房子现在也算半个离婚回娘家的人吧。”

“半个遗孀是指什么？”

“没结婚，但喜欢的人战死了。”

“可是谷崎在战争时不还只是个孩子吗？”

“按虚岁算也有十六七了吧。有心上人也是有可能的。”

保子这句“心上人”让信吾一愣，他没想到会从保子嘴里听到这样的话。

修一没有吃早餐就匆匆离开了，可能是身体不舒服，又或者时间已经晚了些。

信吾在家逗留到上午邮差送来信件的时候。菊子将信摆在信吾的面前，其中一封是寄给她自己的。

“菊子，这封是给你的。”信吾将信递给她。

菊子似乎没有看清收件人的名字，就直接全部递到了信吾面前。她很少收到信，也不曾等待来信。

菊子当场拆开信，读完后说：“是朋友寄来的信，说她堕胎后身体出了问题，现在住进了本乡的大学医院。”

“嗯？”信吾摘下老花镜，注视着菊子，“是不是去找了无执照的接生婆？多危险啊。”

信吾将晚报上的新闻与今早的信件联系起来，想起昨夜做的堕胎的梦。这一切竟如此巧合。

他心生冲动，想将昨晚的梦告诉菊子，但终究还是没有开口。只是看着菊子，内心竟生出一种难以言喻的年轻悸动。然而忽然间，他又想到：菊子会不会也怀孕了，甚至会不会正在考虑堕胎？这突如其来的念头让他震惊不已。

（四）

电车驶过北镰仓的山谷时，菊子望着窗外，惊讶地说：“梅花开得真好呢。”

北镰仓的电车窗外本就多见梅花，信吾每日经过，也就熟视无睹了。此时梅花已过了盛开的时节，阳光下，那洁白的花瓣也显得有些暗淡了。

“咱们家院子里梅花也开了啊？”信吾说，可那不过是两三株罢了，而菊子可能是今年第一次见到梅花。

菊子很少收到信件，也几乎不出门，平日不过是在镰仓的街上买点东西。这次说是去大学医院探望朋友，菊子才与信吾一同出门的。

修一的情人就住在大学附近，这一点让信吾感到有些不安。同时，他也想趁着这机会问问菊子是不是怀孕了。虽说这并非难以开口的事，信吾却犹豫了好久。

自从妻子保子不再提及女人生理上的事情以来，已经过了好多年了。一过更年期，保子就什么都不说了。其后就不是健康问题，而是月经绝迹问题了。

保子不再提起这些事，信吾也渐渐忘记了。而现在，他想问菊子，才想起了保子的事情。

如果保子知道菊子去的是医院的妇产科，也许会说顺便让菊子检查一下身体。保子还常和菊子谈论孩子的事，信吾曾见过菊子倾听时面露难色的样子。

菊子肯定会将自己的身体状况告诉修一。信吾记得年轻时听朋友这样说过：能听女人倾诉这些的男人，对女人来说一定是特别的。如果女人有了别的男人，她或许就会犹豫。对此种见解，他还颇感佩服。

就算是亲生女儿，也不会将这些告诉父亲的。而对修一情人之事，信吾与菊子似乎都默契地避而不谈。

如果菊子怀孕了，那可能是她受到修一情人的刺激，促使她变得成熟。这让信吾感到厌恶，但同时也觉得，这或许就是人性。所以，他若问起孩子的事情，也未免显得有些残忍。

"雨宫家的老爷爷昨天来过，您听母亲说了吗？"菊子忽然问。

"没有，没听说。"

"他是来道别的，说要搬去东京了，还带了两大袋饼干，说是狗就拜托我们了。"

"给狗的吗？"

"嗯，可能是给狗的吧。不过母亲说，其中一袋可能是人可以吃的。听说雨宫先生的生意做得不错，家里还扩建了房子，老爷爷看起来挺高兴的。"

"是啊。商人就是这样，卖了房子重新开始，不久又能盖新房子。而我们呢，这十年如一日，每天坐横须贺线，实在是够了。前些日子，我还在饭店参加了一场老人聚会，大家感慨着几十年如一日地重复生活，真是腻了、累了，来迎接的人也该来了吧？”

“来迎接的人？”菊子似乎没明白这句话的意思。

“到了阎罗殿，我打算说，我们这些人生的零件无罪。毕竟，活着的时候，这些零件就被生活惩罚，这未免太过分了吧。”

“可是……”

“是啊。从古至今，真的有人活出了‘完整的人生’吗？比如说，那家饭店的鞋柜管理员，他过得怎么样呢？他每天不过是收拾客人的鞋子罢了。有人说，如果人生的零件只用到这种程度，反倒是种轻松吧。可是一询问女侍，她说其实鞋柜管理员的日子也不好过。周围全是鞋架，像个洞穴一样，一边叉开腿烤火，一边给客人擦鞋。玄关这个洞穴，冬冷夏热。咱家的老太婆也是很喜欢谈养老院的。”

“是说母亲吗？可是母亲说的，和年轻人常说的真想死，不是一样的吗？这更是悠闲的闲聊。”

“因为她说她会活得比我长，还非常有把握，所以才会说这种话。不过，你说的年轻人是指谁呢？”

“您问指谁吗……”菊子吞吞吐吐地说，“我有个朋友在信里也写过类似的事情。”

“今早收到的那封信？”

“嗯。那个朋友还没结婚。”

“哦。”

信吾不再言语，菊子也无法再继续说下去了。

正好是电车驶出户冢的时候，从户冢到保土谷的距离很长。

“菊子！”信吾喊了一声，“我从很早以前就一直在考虑，你们有没有试着另立门户的想法呢？”

菊子看着信吾，等待他说出后面的话。可最后她用近乎哀求的口吻说：“这是为什么呢？父亲大人。是因为姐姐回娘家来的缘故吗？”

“不是。这和房子的事情无关，她只是以半离婚的形式回娘家的人，虽然说对菊子你实在过意不去，但即便她同相原离婚，也不会在家长住下去。房子的事另当别论，我要说的，是你和修一两个人的问题。菊子，你们另立门户不是更好吗？”

“不。按我说，父亲您对我这么好，我才想留在这里。如果让我离开您，我会感到无比孤单寂寞的。”

“说得真贴心啊！”

“哎呀，我在跟父亲您撒娇呢，我是家里最小的女儿，撒娇惯了，大概是在娘家也得到家父疼爱的缘故吧，我喜欢和父亲住在一起。”

“亲家公很疼爱菊子，这点我很明白。就我而言，因为有菊子在身边，不知得到了多大的安慰。如果你们另立门户，我也会很寂寞的。但是修一做了那样的事情，我却一直没跟菊子好好谈谈，我这个父亲不配和你一起住下去啊。如果只有你们两个人住的话，只有你们两个人，问题或许会更好解决，不是吗？”

“不！即使父亲什么也不说，我也明白，您是在惦记我的事情，在安慰我。我就是靠着这份情义，才能这样待下去。”

菊子那双大大的眼睛里已盈满泪水。

“一定要我们另立门户的话，我会感到害怕的。我一个人是无法安静地等在家里的，会寂寞、会悲伤、会害怕。”

“不妨试试一个人等待看看嘛。不过，哎，这种事情也不能在电车里说，你先好好想想。”

菊子的肩膀微微颤抖，也许是真的害怕了。

在东京车站下车后，信吾叫了出租车把菊子送到了本乡。

可能是受娘家父亲疼爱惯了，也可能是刚才感情过分激动的缘故，菊子似乎也不觉得这有什么不自然。

信吾想着，修一的情人不会赶巧正走在这条路上，但他总感到存在这种危险，所以停下车，一直目送菊子走进了大学附属医院。

春之钟

（一）

镰仓正处花季，适逢佛都七百年祭，寺庙的钟声终日回响。

然而，这钟声，信吾却时常听不见。无论是在忙碌还是在交谈，菊子似乎都能听到，但信吾却需要仔细倾听才能捕捉到。

“听，钟声又响了。”菊子告诉信吾。

“哦？”信吾歪着头，问保子，“老太婆，你听见了吗？”

“我听见了。你听不见吗？”保子不以为意地回答，她膝上堆着五天的报纸，在慢慢地阅读着。

“响了，响了。”信吾道，一旦耳朵捕捉到声音，之后就容易听到了。

“听到钟声，高兴得很呢。”保子摘下老花镜，看向信吾。“每天都敲个不停，寺里的和尚也一定累坏了吧。”

“每敲一下收十日元，让前来参拜的人来敲的。可不是和尚。”菊子说。

“这主意真不错。”

“说是供养的钟……计划让十万人还是百万人来敲呢。”

“计划？”信吾觉得这个词听起来有些可笑。

“不过，寺庙的钟声总是太阴郁，让人觉得不舒服。”

“是吗？真的阴郁吗？”

四月的一个星期天，信吾正坐在饭厅里，望着窗外的樱花，听着钟声，心中悠然。

“七百年到底是什么的七百年呢？大佛也说是七百年，日莲上人也说是七百年。”保子问。

信吾无法回答。

“菊子，你知道吗？”

“知道。”

“真可笑，我们住在镰仓却不知道。”

“母亲，您膝上的报纸上有没有相关的消息？”

“或许有吧。”保子将报纸递给菊子，报纸折得整整齐齐地摞在一起。而她自己只留了一张在手中。

“是的，我好像在报纸上见过。但是，这对老年夫妻出走的事，读完我也感同身受了，这件事一直在脑海里挥之不去。你也看过吧？”

“嗯。”

“被称为日本划船界恩人的日木划艇协会副会长……”保子开始读报纸上的内容，接着用自己的话说道：“他还是一家船只和游艇制造公司的社长，六十九岁，太太六十八岁。”

“这有什么让你感同身受的呢？”

“上面还刊登了他们写给养子夫妇和孙子的遗书。”然后保子开始朗读报纸上的内容，“仅仅算是活着，却被世人遗忘，想象出那样的悲惨景象，我真不想活到那种地步。我很理解高木子爵的心情。我认为，人在被大家爱着的时候悄然离去是最好的。在家人的深厚爱意和众多朋友、同辈、后辈的情谊包围中离去，才是最好的离去——这是给养子夫妇的。给孙子的是——日本独立的日子已不远，但前途却暗淡无光。那些因战争惨祸而感到恐惧的年轻学生，若想要和平，就必须彻底坚持像甘地那样的非暴力主义。要朝着自己所信仰的正确道路前进，但我年事已高，已力不从心了。如果只是徒然等待‘令人讨厌的年龄’到来，岂不虚度此生！我希望在孙儿们心中留下一个好爷爷、好奶奶的印象。未来去向不明，但愿能够安然入眠，仅此而已。”

保子念到这里，沉默了一会儿，信吾则转头望向庭院中的樱花。

保子一边看着报纸，一边说：“他们离开东京的家，去大阪的姐姐那里探望后就失踪了……那个在大阪的姐姐，已经八十岁了。”

“没有妻子的遗书吗？”

“啊？”保子愣了一下，抬起头来。

“没有妻子的遗书吗？”

“‘妻子’是指那位奶奶吗？”

“当然是喽。两个人一起自杀，应该有妻子的遗书才对。比如说，如果我和你一起殉情，你一定会想留下什么遗言，写下来吧。”

“我可不需要。”保子很干脆地说，“无论男女，写遗书的通常是年轻人。那也是因为无法在一起而心生悲观……夫妻之间，通常是丈夫写遗书就行，我这种年纪还需要留下什么遗言呢？”

“是吗？”

“我一个人死的时候，就另当别论了。”

“一个人死的话，心中积压着很多怨恨吧。”

“这年纪了，怨恨也没什么了。”

“真是没想到，不想死也不会死的老太太，竟然如此无忧无虑。”信吾笑着说，“那么，菊子呢？”

“我吗？”菊子犹豫着，声音低沉。

“假如和修一一起殉情，菊子是否会留下遗书呢？”说完这句话，信吾心中一紧，觉得自己不该如此问。

“我不知道。等到那时再说吧。”菊子将右手的大拇指放进腰带中，轻轻松开，望向信吾。

“我觉得好像要给父亲留下点什么话似的。”

菊子的眼睛显得稚嫩，泪水在眼中打转。信吾感受到，虽然保子没有考虑过死亡，但菊子却并非完全没想过。

菊子身子微微前倾，以为她要伏地痛哭一场，没想到却是站起身来。保子目送她离去，摇头说：“真奇怪，哭什么呢？简直像是发了癔症。她就是在发癔症。”

信吾解开衬衫的扣子，把手放在胸口。

“心脏在怦怦直跳吗？”保子问。

“不是，是乳头痒，乳头发硬，痒得厉害。”

“真像个十四五岁的小女孩。”

信吾用手指轻轻抚弄着左乳头。

在夫妻双双自杀的情况下，丈夫写下遗书，妻子却不写，是否意味着妻子将所有的事情都交给丈夫来处理呢？听着保子朗读报纸，信吾对这个问题产生了疑问和兴趣。

长年相伴，是否真的会成为一体？年迈的妻子是否会失去个性和遗言？

妻子本没有理由寻死，却选择追随丈夫的自杀而殉情，把自己的遗言融入丈夫的遗书中，她的心中是否无怨无悔？这真是不可思议。

然而现实中，信吾的妻子也说，如果真要殉情，她的遗书是不需要的，只要丈夫写就可以。

有的女性会默默陪伴男性走向死亡——虽说男女角色偶尔会互换，但多数情况下，女人是顺从的。如今这样的女人已老去，并一直陪伴在自己身边，信吾对此感到惊讶。

菊子与修一的婚姻尚且短暂，眼前却波澜起伏。

向菊子询问，如果和修一殉情，是否需要自己写遗书，这样的问题听上去有些残酷，确实是在伤害菊子。

信吾也意识到，菊子正面临着危险的深渊。

“菊子之所以如此流泪，是因为她依赖父亲。”保子说，“你只是一味地心疼菊子，却没有解决根本的问题。房子的事情也是如此，不是吗？”

信吾望着庭院中盛开的樱花。那棵樱花树的根部，八角金盘长得非常茂盛。信吾不喜欢八角金盘，原本打算在樱花盛开之前将其整齐地修剪掉，但今年三月雪下得太多，花也开了。

大概三年前，他曾修剪过一次，八角金盘却反而更加繁茂。他曾想过要挖掉根部，如今看来，那时候果然该那么做。

挨了保子的数落，信吾对那八角金盘厚厚的碧绿叶子更加厌恶。如果没有这些八角金盘，樱花的粗壮树干就能独立生长，枝条不会被其他植物遮挡，向四方伸展，甚至低垂下来。然而即便有八角金盘，樱花依然向外扩展。

而且，花朵的数量之多，令人惊叹。

正午的阳光洒在樱花上，花瓣在空中悠然飘浮。颜色与形状并不强烈，却在空间中显得格外饱满，如今正是盛放之时，似乎不会凋落。然而，一片片花瓣却不停地飘落，地上早已落花成堆。

“年轻人杀人或自杀的新闻，我听了只是觉得又是这样的新闻，但一旦涉及老人，就会让人心里不舒服。”保子说。她似乎反复读着那则关于“人在被大家爱着的时候悄然离去”的老年夫妇的新闻。

“前几天，有个六十一岁的老爷爷，打算把得了小儿麻痹症的十七岁男孩送进圣路加医院。他从枥木出发，背着那个孩子游览东京，但那个孩子就是不愿意去医院，最后爷爷用手巾勒死了他，这则新闻你看过吗？”

“是吗？我没读到。”信吾含糊回答，心中却回忆起青森县少女堕胎的新闻，甚至在梦中都曾想到过。

与年迈的妻子相比，这真是天差地别。

（二）

“菊子啊。”房子呼唤道，“这台缝纫机总是断线，是不是坏了？你帮我看看吧。明明是新加坡的机器，应该没问题才对，难道是我手艺变差了？还是我有些神经质了？”

“也许是机器失灵了，毕竟那是我学生时代用的旧物。”菊子走进了房间。“不过，它还是听我使唤的。姐姐，我来试试。”

“是吗？里子总黏在我身边，真让人烦。这孩子的手就像要被我缝上似的。虽然我不会真的缝到她的手，但她的手一直放在这儿，看着布和孩子的手，眼睛就开始发晕，感觉交织在一起。”

“姐姐，您一定累了。”

“也就是说，神经质嘛。要说累，菊子你才累呢。我们家里，只有父亲、母亲不觉得累。父亲可真奇怪，已经过了花甲之年，居然说乳头痒，真是荒唐。”

菊子从大学医院看望朋友回来，给房子的两个孩子买了布料。正在缝制这布料时，房子对菊子的态度也好了起来。

然而，菊子取代房子坐在缝纫机前时，里子就露出了不悦的神色。

“舅妈给你买布料，还为你缝制衣服，不是吗？”房子一反常态致歉说，“抱歉，这孩子在某些方面，真像相原。”

菊子把手放在里子的肩上：“去找外公看大佛吧，金童玉女会出来，还有跳舞哦。”

在房子的邀请下，信吾也出门了。

走在长谷的街道上，信吾注意到了烟草店前的一盆山茶花盆栽，他买了一包光明牌香烟，并称赞了这盆栽，盆栽上开着五六朵重瓣山茶花。

“重瓣山茶花不行，盆栽还得是山茶花。”烟草店的老板说道，并带他到后院。四五坪的菜园里，盆栽的花盆直接摆在地上。那山茶树是一棵充满生机的老树。

“为了不让树太辛劳，花早就摘掉了。”烟草店的老板说道。

“这样的话，还能再开花吗？”信吾问。

“会开很多花，但能留下来的好花不多。店里的山茶花也开了二三十朵。”

烟草店的老板开始讲述盆栽的养护，还提到镰仓的盆栽爱好者。听到这些，信吾才意识到，自己在商店街的窗户上也常常能看到盆栽。

“非常感谢，真是令人期待。”信吾准备走出店门时，烟草店老板说：“虽然没什么好的，但后院的山茶花还不错……拥有一盆盆栽，无论是为了不让它变得难看，还是为了不让它枯死，都会让人产生责任感，这对懒惰的人来说可算是一剂良药。”

信吾边走边点燃了刚买的香烟，边对房子说道：“烟盒上有大佛的图案，是为了镰仓特别制作的吧。”然后把烟盒递给了她。

“让我看看。”里子踮起脚尖。

“去年秋天，房子曾经离家出走去了信州，对吧？”

“我可没离家出走。”房子反驳道。

“那时候，在乡下的家里，你没有见过盆栽吗？”

“没见过。”

“是这样啊，毕竟那都四十年前的事了。乡下的外公喜欢盆栽，就是保子的父亲。但保子长得普通，性格又粗枝大叶，所以大姨妈才是外公的宠儿，外公让她去照顾盆栽。大姨妈特别美，和你母亲简直不像是亲姐妹。记得有一个雪天，盆栽架上积满了雪，她留着天真的刘海儿，穿着红色的元禄袖和服，正在清除花盆上的雪，那个场景至今仍历历在目，清晰而美丽。信州的天气寒冷，呼出的气都是白色的。”

那白色的气息也仿佛散发着少女的温柔。

时代不同，房子与之无关，倒是好事，信吾借此机会沉浸在回忆中。“不过，刚刚的山茶花，精心栽培绝对不止三四十年了。”

那棵树的树龄肯定不小。要让盆栽的树干变得如此粗壮，得花费多少年啊。

自从保子的姐姐去世后，那盆红枫的盆栽供奉在佛堂里，不知道会不会有人照料，应该不至于枯萎吧？

（三）

三人抵达寺院内时，正好赶上童男童女的队伍在大佛前的石板路上游行。游行队伍似乎是从远处走来的，有些已经露出了倦容。

房子抱起了里子，站在人墙的后面。里子注视着穿着花色振袖和服的童男童女。

听说与谢野晶子的诗碑竖立在这里，信吾便走到了后院，发现石碑上刻着的是放大了的晶子本人的字。

“果然，写的是‘释迦牟尼’……”信吾说。

然而，房子对这首脍炙人口的诗歌并不熟悉，信吾觉得有点扫兴。晶子曾写道：“镰仓有大佛，释迦牟尼是美男。”

可是信吾却说：“这尊大佛不是释迦牟尼，其实是阿弥陀佛。因为弄错了，所以诗歌也改了。不过如今流行的诗歌里，‘释迦牟尼’仍然是通用的说法，事到如今再说把‘释迦牟尼’改称为‘阿弥陀佛’或‘大佛’的话，不仅音韵不协调，而且‘佛’字重复了。但一旦刻成诗碑，果然还是有错误啊。”

诗碑旁边围了布幕，提供了淡茶作招待。房子从菊子那里拿到了茶券。

信吾望着这室外的茶汤颜色，以为里子要喝茶，里子却用一只手抓住茶碗的边缘。那是普通的茶碗，但信吾还是帮她捧住茶碗，说："很苦哦。"

"苦吗？"里子在喝之前做了个苦涩的表情。

跳舞的少女们进入了布幕里，其中约半数的人坐在入口处的折叠椅上，其余的女孩则围拢在前面，她们都化着浓妆，穿着华丽的振袖和服。

少女们的后面有几棵盛开的樱花幼树，花的颜色被振袖的鲜艳色彩衬得稍显暗淡，但对面小山上的绿树在阳光下闪耀。

"水，母亲，我要喝水。"里子盯着跳舞的少女们说。

"没有水哦，回家再喝吧。"房子安慰道。

信吾突然也想喝水。

不知道是三月的哪一天，从横须贺线的电车上，信吾看到一个和里子差不多大的女孩站在品川月台上的水龙头边喝水。她一拧水龙头，水就喷涌而出，女孩吓了一跳，笑了起来，那笑容十分美好。她母亲帮她调节水龙头的开关，信吾目睹了那个女孩痛快喝水的神态，感受到了今年春天的到来，那个画面至今依然在脑海中回荡。

看着这群跳舞的少女，里子和自己为何会突然想喝水呢？信吾在思考的时候，里子又纠缠起来："买衣服，买衣服，我要买衣服。"

房子站起身来。

跳舞少女中，有一个比里子大一两岁的女孩，眉毛画得又粗又短，十分可爱。她脸上镶嵌着两只圆铃般的眼睛，眼角抹上了胭脂。

里子被房子拉着手，目不转睛地看着那个女孩，走出布幕的时候，似乎要朝她走去。

"买衣服，买衣服。"她不停地嚷道。

“衣服呀，等里子庆贺七五三[①]的时候，外公会给你买的。”房子有些不满地说道，“这个小孩自出生以来，从来没有穿过和服，连襁褓也是用旧的浴衣改的，由旧和服碎片拼凑起来的。”

信吾在茶铺休息，喝了水。里子一口气喝了两杯。

离开大佛院内，走了一会儿，那个穿着舞蹈服的女孩被母亲牵着急匆匆往回走，恰好从里子身边经过。信吾觉得不妙，便赶紧抱住了里子的肩膀，但已经来不及了。

“买衣服。”里子差点儿抓住那个女孩的袖子。

“不要！”那女孩一惊，因而踩到长袖子摔倒了。

“啊！”信吾惊叫着，用手捂住了脸。

撞到了。他只听见自己的尖叫声，似乎周围很多人同时也叫了出来。

车子紧急刹住了。三四个人从吓得呆若木鸡的人群中迅速跑了过来。

女孩蓦地爬了起来，紧紧抱住母亲的裙摆，哇地大哭起来。

“太好了，太好了，刹车效果真好啊，真是高级轿车。”有人说，“如果是辆破车，早就没命了。”

里子一时惊恐得翻白眼，面目扭曲。

房子则不停地向那女孩的母亲道歉，问她的女儿有没有受伤，和服是否破损。那位母亲显得有些恍惚。

身穿振袖和服的女孩止住了哭泣，脸上的浓妆虽然花了，但眼睛却如洗过般闪亮。

信吾默默无言地回到家中。

---

① 七五三：日本庆祝儿童健康成长的节日，这一节日起源于日本平安时代。

房间里传来了婴儿的啼哭声，菊子唱着摇篮曲迎了出来。

“对不起，让她哭了。我真是没用。”菊子对房子说。

也许是被妹妹的哭声影响，或者是回到了家里放松了心情，里子也哇哇大哭起来。

房子没有理会里子，接过菊子手中的婴儿，敞开了衣服。

“哎呀，胸口都被冷汗濡湿了。”

信吾抬头看了一眼良宽的“天上大风”匾额，那是他在良宽还不出名时买的，后来听别人说，信吾才知道是赝品。

“刚才去看了晶子的诗歌碑。”信吾对菊子说，“上面刻着晶子写的‘释迦牟尼’。”

“是吗？”

（四）

晚饭后，信吾独自出门，逛了逛和服店和旧衣店。

然而，他并没有找到适合里子的和服。

因为找不到，心里就反而更加惦记。

信吾感到一阵阴暗的恐惧。

即使是小女孩，看到别的孩子那鲜艳的和服，竟然会如此渴望吗？

里子的羡慕和欲望，是只比普通人稍微强烈一点，还是说已经异常高涨，以至于让信吾觉得像是疯狂的发作呢？

如果那个穿舞蹈服的女孩被撞死了，现在会怎么样呢？那名美丽女孩振袖和服上的花纹在信吾脑海中浮现出来。这样的盛装，一般是不会轻易陈列在店铺里的。

可是，要是买不到就此回家，信吾觉得马路都是黑暗的。

保子真的只给里子用旧浴衣改做的襁褓吗？房子的话语里带有几分埋怨，恐怕不是谎言吧。难道真的没有给出生的婴儿第一次穿的和服和孩子初次祈福时的和服吗？也许，房子是希望里子穿洋服的吧？

“忘了。”信吾自言自语。

信吾肯定忘记了保子是否跟自己商量过这件事，但信吾和保子如果能多关心房子，或许这个不美丽的女儿也能生出可爱的外孙女。信吾生出一种无法推卸的自责感，脚步也沉重了。

“若知前身，若知前身，无有可怜的父母。既无父母，哪有可牵挂的子女……”

某种曲调在信吾心中浮现，然而，也只是浮现，黑衣僧人的觉悟并不存在。

“啊，前佛已去，后佛未至，梦中来临，何以为现呢？偶然承受难得的人身……”

里子似乎要扑向那个跳舞的孩子，她这凶恶而狂暴的性格，是继承了房子的基因，还是相原的基因呢？如果是继承了母亲房子的，那是来自信吾父系的血脉，还是保子母系的血脉呢？

如果信吾和保子的姐姐结婚，可能就不会生出像房子这样的女儿，像里子这样的外孙女也不会降生。

出乎意料的是，信吾又怀念起昔日故人，那种想要依赖的感觉越发强烈。

虽然已经六十三岁了，可是那个二十多岁就去世的人，还是比自己年纪大啊。

信吾回到家时，房子已经抱着婴儿躺在床上了。

因为饭厅与卧室的隔扇开着，所以他能看到里面。

“她睡着了。”信吾朝那边看去时，保子说，“她的心跳得很厉害，我说要安静下来，于是给她喝了助眠的药，她就睡着了。”

信吾点了点头：“那把隔扇关上吧。”

“好的。”菊子站起身来。

里子紧紧依偎在房子的背后，似乎还睁着眼睛。这个孩子有时就是会这样静静地待着。

信吾没有提到自己是去为里子买和服的事情。

显然，房子也没有告诉母亲，里子想要和服，结果差点儿惹出危险的事。

信吾走进了客厅，菊子端来了炭火。

“请坐。”

“好的，我这就来。”菊子又走出去，将水壶放在盘子里端来了。虽然水壶可能不需要放在托盘上，不过她在旁边还放了株什么花。

信吾拿起花问：“这是什么花？像桔梗。”

“这是黑百合……”

“黑百合？”

“是的。刚才一位弄茶道的朋友送来的。”菊子说着打开信吾身后的壁橱，拿出一个小花瓶。

“这就是黑百合？”信吾好奇地问。

“据那个朋友说，今年的利休[①]忌辰，远川流[②]本家在博物馆的六窗庵举办茶会时，茶席上的插花就是用的黑百合和开白花的荚蒾，美极了，插在古铜细口花瓶里……”

“哦。”

信吾凝神望着黑百合，有两株，每株茎上各有两朵花。

“这个春天，下了十一二次雪了吧。”

“是啊，确实下了不少。”

“春初的利休忌时，也下雪了，有三四寸厚的积雪呢。黑百合

---

① 利休：原名千宗易（1522—1591），日本安土桃山时代的茶人。千家流茶道的鼻祖。

② 远川流：日本茶道流派之一。鼻祖是小拥政一。

也因此显得更加珍贵了，听说它是高山植物。”

“这颜色有点像黑茶花。”

“是的。”菊子往花瓶里灌水。“听说今年的利休忌，还展出了利休的遗书和他切腹用的短刀。”

“是吗？那个朋友是茶道老师吗？”

“是的。她因为战争成了遗孀……早先精通茶道，现在派上用场了。”

“哪一流派？”

“官休庵，武者小路千家流。”

信吾对茶道并不太了解。

菊子等着把黑百合插入花瓶，信吾却拿着花不撒手。

“开着花，可有点耷拉，是不是快枯萎了？”

“是的。因为先把水倒进去了。”

“桔梗开花也耷拉下来吗？”

“嗯？”

“感觉它比桔梗的花小，你说呢？”

“我觉得是小一些。”

“起初看起来像黑色，但并不是黑色，像深紫色，但又不是紫色，似乎还夹杂着深红色。明天白天好好看看。”

“在阳光照映下，会呈现出红紫色。”

花看起来不足一寸大，有七八分吧。花瓣有六片，雌蕊在尖端分成三根，雄蕊有四五根。在茎上，每隔约一寸就并生出几片叶子，向四方伸展，百合的叶子形状小，长度在一寸到一寸五分之间。

最后，信吾闻了闻花，无意中说了一句：“一种令人讨厌的女人的腥味儿。”

这并不是指淫乱的意思，但菊子脸上微微泛红，低下了头。

“真让人失望。”信吾改口说，“你闻闻看。”

“我可不打算像父亲那样研究它。”菊子把花插入花瓶中，“按茶会的规矩，四朵花太多了，不过就这样吧？”

“哦，就这样。”

菊子把黑百合放在了地上。

“在那个壁橱里放花瓶的地方，有个面具，能帮我拿出来吗？”

“好的。”

信吾脑海中浮现出一段曲调，想起了能面。他拿起“慈童”面具，说：“听说这是妖精，是永远的少年。当初买的时候跟你说过吗？”

“没有。”

“买这个面具的时候，曾让公司里一个叫谷崎的女孩子戴上，结果看起来非常可爱，真令人惊讶。”

菊子把“慈童”面具贴在脸上：“这个绳子是要在后面绑起来的吗？”

菊子的眼眸透过面具的眼睛注视着信吾。

“如果不动，表情就出不来。”

信吾回想起那天买下面具的时候，差点儿亲吻上那抹如茜色般娇嫩的唇，心中涌起一种仿佛是违逆天意的恋情般的悸动。

“纵然埋木之中，心中若有花……”似乎这样的词句也在曲调中出现过。

菊子戴上美貌少年的面具，做出各种各样的表情，信吾无法再看下去了。菊子脸小，下巴几乎完全藏在面具后，但在那几乎看不见的下巴上，泪水却流了下来。泪水分成两道、三道，不断流淌。

“菊子。”信吾喊了一声，“菊子今天见朋友时，是不是想过和修一分手后，做茶道老师呢？”

戴着“慈童”面具的菊子点了点头。

“即使分开，我也想继续待在父亲身边，伺候您品茶。”她戴着面具清楚地说。

这时，里子的哭声传来。

庭院里，狗叫得凶猛。

信吾有一种不祥的预感，但菊子似乎在侧耳倾听大门那边的动静，想知道那个周日也去情人家的修一是否回来了。

鸟巢

（一）

附近寺庙的钟声，无论冬夏，六点钟都会响起。信吾也是，无论冬夏，只要清晨听到这个钟声，就会早早起来。

即便说是早起，也不一定意味着已经离开床铺。换句话说，这只是醒得早而已。

然而，同样的六点钟，冬夏却大不相同。寺庙的钟声一年四季都在六点响起，因此信吾也就以为这是同样的六点，但在夏天的六点时分，太阳已经升起。

即使在枕边放着一只大怀表，信吾也很少查看，因为他必须点亮灯，戴上老花镜，才能看清楚。没有眼镜的话，他很难分辨长针和短针。

此外，信吾也并不需要特意去关注时间，反而早早醒来后他会觉得疲惫。冬天的六点虽然算早，但信吾却无法在床上安静地待着，常常起来去拿报纸。

女佣离开后，菊子会早起忙碌。

“父亲，您真早啊。”菊子说。

信吾有些尴尬地回应：“嗯，我想再睡一会儿。”

“您睡吧，水还没烧开呢。”

菊子的早起让信吾感到些许宽慰。

不知从多大年纪开始，冬天的早晨，信吾在黑暗中醒来时，渐渐感到孤独。

然而，春天一到，信吾在清晨醒来也觉得温暖了。

已经是五月中旬，今早，信吾听到清晨钟声之后，听见了鸢的啼鸣。

“啊，果然在呢。”他头枕枕头，侧耳静听，喃喃自语道。

鸢在屋顶盘旋着，似乎向海的方向飞去了。

信吾起床了。

他一边刷牙，一边抬头望天，但并没有看到鸢。然而，那稚气而甜美的声音，似乎轻柔地在信吾家的上空回荡。

“菊子，我们家的鸢在叫呢。”信吾对厨房喊。

菊子正把冒着热气的米饭盛在饭桶里。

“我刚才没注意，没听见。”

“那只鸢果然是在我们家呢。”

“是啊。”

“去年也常常听到它叫，但不记得是什么时候了。大概是这个时候吧，记不清了。”

信吾站着看着，菊子解开了头上的丝带。

有时，菊子似乎会用丝带绑着头发睡觉。

饭桶的盖子就这么打开着，菊子便忙着准备信吾的茶。

“如果那只鸢在的话，我们的黄道眉也应该在吧？”

“是啊，还有乌鸦呢。”

“乌鸦？”

信吾笑了。

如果鸢是“我们家的鸢”，那么乌鸦也应该是“我们家的乌鸦”。

“我总觉得这个屋子里只住着人，实际上也住着各种鸟类呢。”信吾说。

“不久还会有跳蚤和蚊子呢。”

“别说这种让人不快的话。跳蚤和蚊子可不是我们的住户，这房子可不会留下它们过冬。”

“冬天也会有跳蚤存在，可能在咱家过冬。”

“不过，虽然我不知道跳蚤的寿命有多长，但肯定不是去年的跳蚤。”

菊子看着信吾笑了。

“那条蛇也差不多要出来了。”

“去年，把菊子吓到的那条黄颔蛇吗？”

“是的。”

“听说那是这所房子的主人。”

去年夏天，菊子买东西回来，在后门门口见到了那条黄颔蛇，吓得发抖。菊子的尖叫声惊动了阿照，它狂吠着冲了过来。阿照低下头，摆好要冲上去撕咬的架势，又跳开数尺，似乎准备再次进攻，反复如此。

蛇微微抬起头，吐出红芯子，毫不在意阿照，悄然滑动着，沿着后门的门槛爬走了。

据菊子说，那条蛇有后门门板的两倍多长，足足有六尺多，蛇身比她的手腕还粗。菊子兴奋地讲着，而保子却显得冷静：“它是这所房子的主人，菊子嫁过来的好几年前就一直在。”

“如果阿照咬上去，结果会怎样？”

“那样的话，阿照会输的，会被缠住呢……阿照是知道的，所以只是吠叫而已。”

好一段时间内，菊子因害怕而不敢再走后门，都是从前门出入。她担心那条大蛇可能就在地板下或天花板上，实在令人毛骨悚然。

然而，黄颔蛇大概藏在后山，极少露面。

后山并不是信吾的土地，信吾也不知道那山属于谁。

信吾家的旁边，耸立着这座陡峭的山。对山里的动物来说，这山似乎和信吾家的庭院没有界线。后山的花草和叶子时常落入庭院。

“鸢回来了。”信吾喃喃地说，声音也抬高了些，“菊子，鸢好像回来了。”

“真的？这次我听见了。”菊子微微仰头看向天花板。

鸢的叫声持续了一段时间。

“刚才，它是去海边了吗？”

“听起来像是朝海的方向飞去的。”

“它去海里捞鱼，然后又回来了。”菊子这么一说，信吾觉得或许真是这样。

“如果能把鱼放在某个鸢能看见的地方就好了。”

“阿照会吃掉的。”

“放在高处嘛。”

去年和前年都是如此，每当信吾清晨醒来时听到这鸢的啼鸣，总会感到一种亲切之情。似乎不只是信吾，家人之间都称它为“我们家的鸢”。

然而，信吾并不确切知道鸢是一只还是两只。记得某一年，他曾看到两只鸢在他家上空翱翔。

此外，信吾也常常想，自己是否真的多年来听到的是同一只鸢的啼鸣，是否这鸢也换了一代呢？也许在不知不觉中，母鸢已经死去，而今年是子鸢在鸣叫。信吾在今天早晨第一次这样想。

如果母鸢去年就死去了，而今年是子鸢在啼鸣，信吾他们却不知道，总是把它当作“家里的那只鸢”，在似醒非醒的梦境与现实中听见鸢鸣，那还别有一番情趣。

镰仓的小山很多，这只鸢却选中在信吾家的后山栖息，这也让人觉得奇妙。

“难遇得以今相遇，难闻得以今相闻。”这句话或许也适用于鸢。

然而，即使鸢与他们共同生活，它也只是发出可爱的啼鸣。

(二)

因为菊子和信吾在家里都是早早起床的，早晨二人总会聊些什么。然而，信吾与修一似乎只有在往返电车上才能随意地交谈。

电车驶过六乡的铁桥，看到池上森林，信吾就知道快到了。早晨的电车上，信吾已经养成了看池上森林的习惯。

然而，多年来他一直看着的这片森林里，他最近才发现屹立着两棵松树。

这两棵松树高高耸立，仿佛彼此相拥，树干微斜，树梢几乎依偎在一起。

虽然这两棵松树在森林中显得格外突出，但信吾之前却从未注意到。然而，自从发现了之后，他总是会第一时间注意到那两棵松树。

今晨，在细雨中，那两棵松树略显朦胧。

"修一。"信吾叫了一声，"菊子哪里不舒服？"

"没什么事。"

修一正在阅读周刊杂志。

他在镰仓车站买了两种杂志，给了父亲一本，信吾只是拿着，并没有看。

"到底哪里不舒服？"信吾又温和地问了一遍。

“她说头疼。”

“是吗？据老太婆说，她昨天去东京，晚上回来后就睡着了，一反常态。似乎她在外面发生了什么事，老太婆也察觉到了。晚饭她都没吃。你九点左右回来时，她在房间里压抑着声音，偷偷在哭。”

“我想她过几天就会好起来，不是什么大事。”

“是吗？头疼的话，不会哭得那么厉害。今天早上，她也哭了。”

“嗯。”

“房子送食物过去时，菊子极其不愿意让房子进去，甚至遮住了脸……房子嘟囔着。我想问问你，究竟是怎么回事。”

“听起来好像全家都在探听菊子的动静。”修一抬起眼睛说，“菊子偶尔生病也是正常的吧？”

信吾有些生气：“那到底是什么病？”

“流产。”修一冒出了这么一句。

信吾心里一震，望了望前面的座席。那两个人都是美国士兵，信吾以为他们不懂日语，因此才和修一谈了这样一番话。

信吾的声音变得沙哑：“去看医生了吗？”

“是的。”

“昨天？”信吾喃喃地说。

修一也停下了阅读。

“是的。”

“当天就回来了？”

“嗯。”

“是你让她这样做的？”

“她自己说要这样做，我也拦不住。”

“菊子自己？胡说！”

“是真的。”

“为什么？为什么菊子会有这样的想法？”

修一沉默不语。

“难道不是你的错吗？”

“确实如此，但她现在非常坚持，不愿意妥协。”

“如果你去劝她，是能劝住的。”

“现在没办法。”

“那‘现在’是什么意思？”

“正如您所知，我的意思是，按照现在的情况，她是不会生孩子的。”

“也就是说，只要你有外遇？”

“差不多是这样。”

“差不多是怎样？”信吾火冒三丈，胸口堵得慌，“那简直是菊子的半自杀行为，你难道不这么觉得吗？这不仅仅是对你的抗议，更是半自杀。”

修一被信吾的愤怒吓到了。

“你杀了菊子的灵魂，无法挽回了。”

“菊子的灵魂倒是非常倔强。”

“她是女人，不是吗？她是你的妻子。只要你对菊子关怀、体贴，菊子一定会高兴地生下孩子。撇开情人问题不谈。”

“可是，这并不是能撇开的事。”

“保子期待抱孙子，这点菊子也知道。可菊子迟迟也没有怀孕，她可能觉得脸上无光，不是吗？菊子非常想要孩子，你不让她生孩子，就像扼杀了她的灵魂一样。”

“这有些不对啊。菊子似乎有她自己的洁癖。”

“洁癖？”

“她似乎对怀孕感到非常懊悔……”

“嗯？”

这是夫妻之间的事情。信吾心中疑虑：修一是否真的让菊子感到那么多的屈辱和厌恶。

“我不相信。即使菊子说了那样的话，表现出那样的态度，我也不认为那是菊子的真心实意。丈夫把妻子的洁癖当成问题而感到困扰，这不正是爱情浅薄的表现吗？谁会把女人的任性当真呢？”信吾有几分沮丧，“如果保子知道她白白丢掉了一个孙子，不知道会怎么说。”

“不过，母亲因此也知道菊子能怀孕，应该会安心吧。”

“什么？你能够保证她接下来能生出孩子吗？”

“我可以保证。”

“这种说法正是你不惧天、不爱人的证据。”

“您说得太复杂了，这不是很简单的事吗？”

“这可不是简单的事！你仔细想想，菊子哭得那么厉害。”

“我也不是不想要孩子，但现在我们两个的状态都不好，在这种情况下，生出的孩子也不会好。”

“你所说的状态我不太清楚，但菊子的状态并不差嘛。若说状态不好，那也只有你一个人。菊子并不是那种会有不好状态的人。是你没有消除她的嫉妒，正因为如此，她才失去了孩子。可能不仅仅是失去孩子的问题。”

修一惊讶地看着信吾。

“想想你自己，在情人那里喝醉后回来，把泥泞的鞋子放在菊子的膝上，让她为你脱鞋。”信吾说。

（三）

那天，信吾因公事去了银行，与那里的朋友共进午餐。他们聊到了两点半左右。在餐馆给公司打了电话后，他便径直回家了。

菊子抱着国子，坐在走廊上。

信吾提前回家，让菊子慌了手脚，她想要站起来。

“没关系，就这样坐着吧。能起来吗？”信吾也走到了走廊上。

“嗯。我正想给宝宝换尿布。”

“房子呢？”

“她带着里子去了邮局。”

“她把孩子交给你，去邮局有什么事吗？”

“等一下哦。我先给外公换衣服。”菊子对着宝宝说。

“没事，没事，先给宝宝换尿布吧。”

菊子笑着抬头望了望信吾，露出一口细密的牙齿。

“外公说要先给国子换尿布呢。”菊子穿着一件轻便华丽的绵绸和服，系着窄腰带。

“父亲，东京的雨停了吗？”

“雨啊，在东京站上车时还下着，但下了车后，天就转晴了。我也没注意到是在哪儿放晴的。”

“镰仓刚才也在下雨，停了之后，姐姐就出门了。”

“山上还湿着呢。”

宝宝被放在走廊上，接着就抬起赤裸的脚丫，双手抓住自己的脚趾，她的脚比手活动得更自由。

“对了，对了，宝宝在看山呢。”菊子说着擦了擦宝宝的大腿。

一架美国军用飞机低飞而过，轰鸣声把宝宝吓了一跳，宝宝仰头望向天空，虽然看不见飞机，但它的巨大阴影映在了后山的斜坡上，又迅速掠过。宝宝也许看到了那个阴影。

信吾被宝宝那天真无邪的惊讶眼神所打动。

“这个孩子不懂什么是空袭。现在出生的许多孩子都不懂什么是战争了。”信吾凝视着国子的眼睛，闪烁的光芒已渐渐柔和下来。

“如果能把国子现在的神情拍下来就好了。还要把山上的飞机影子一起拍进去。然后下一张照片是……”

想到宝宝被飞机击中惨死的情景，信吾差点儿说出口，但想到菊子昨天做了人工流产，便停住了。

然而，正如这两张幻想中的照片，现实中一定存在无数个这样的宝宝。

菊子抱起国子，一只手将尿布卷起，向浴室走去。

信吾是因为担心菊子才提前回家的，他边想边返回了饭厅。

“回来得真早啊。”保子也走了进来。

“你刚才去哪儿了？”

“洗头发。雨过天晴，太阳一晒，头皮发痒了。上了年纪的人，头皮似乎总是容易发痒。”

“我的头皮可没那么容易发痒。”

“可能是因为你的头脑好。”保子笑着说，“我知道你回来了，但如果洗完头发马上出来，我怕被你训斥。”

“老太婆还披散头发，干脆就剪了，扎个圆竹刷子发型怎么样？”

“真的。不过，圆竹刷子这种发型，不仅是老太婆会扎，在江户时代，男男女女都这样扎发，短发在后面束起来，再将束发的发根剪得像圆竹刷子一样。歌舞伎里会出现这种发型。”

“不在脑后束起来，直接剪成短发垂下来。”

“那样也可以。不过，你我都是头发多的人。”

信吾低声问：“菊子什么时候起来的？”

“起来了一会儿……脸色不好呢。”

“最好还是别让她照顾孩子吧。”

“房子说了声‘我暂时把孩子放在你这儿’，把孩子放在菊子的被窝边就离开了，孩子睡得很沉。”

“你把孩子抱过来不就行了？”

“国子哭的时候，我正在洗头发。”

保子站起来，拿来了信吾的换洗衣物。

“你回来得这么早，我还以为你哪里不舒服呢。”

菊子似乎要从浴室回到她的房间，信吾呼唤：“菊子，菊子！”

“嗯。”

“把国子带过来。”

“好的，马上就来。”

菊子牵着国子的手，走了过来，菊子系上了宽腰带。

国子抓住保子的肩膀，保子正在用刷子刷信吾的裤子，她站起来，将宝宝抱到膝盖上。

菊子把信吾的衣服拿走，放进隔壁房间的衣柜里，然后慢慢关上了门。

菊子看到门后镜子中映出的自己的脸，有些愣住，对去饭厅还是去卧室犹豫不决。

“菊子，还是去躺着比较好吧。”信吾说。

“嗯。”

信吾的话在耳边回响，菊子的肩膀微微动了一下，她没有看信吾，径直走向了卧室。

“你不觉得菊子的状态很奇怪吗？”保子皱着眉问。

信吾没有回答。

“她到底哪里不舒服也不清楚。她一起来走动，就像要摔倒似的，真叫人担心啊。”

“是啊。”

“无论如何，修一的事，你得想办法解决。”

信吾点了点头。

“你跟菊子好好谈谈，好吗？我带着国子去接她母亲，顺便看看晚饭的食材。房子也真是。”

保子抱起宝宝，站了起来。

“房子去邮局有什么事吗？”信吾问。

保子回过头说：“我也纳闷儿呢，她或许是给相原寄信吧，他们分开已经快半年了……她回娘家也快半年了。那天是大年夜。”

“如果是信的话，附近就有邮筒啊。”

“可是从总局寄出的话，应该能更快更准确地送到。说不定她一想起相原，就迫不及待了。”

信吾苦笑，感觉到了保子的乐观主义。

看来，像她这样到老年仍然能维持住家庭的女人，身上是有乐观基因的。

信吾拾起了保子似乎已经看过的几天的报纸，漫不经心地翻看，上面刊载了一篇奇闻：《两千年前的莲花绽放》。

文章报道：去年春天，在千叶市检见川的弥生时期古代遗址中的一只木船里，发现了三颗莲子，据推测大约是两千年前的种子。某位莲花博士使其发了芽，并在今年四月，将莲花苗分别种植在千叶农事试验场、千叶公园的池塘和千叶市一家造酒厂等三个地方。这位造酒厂的老板似乎参与了遗址的挖掘。他在装满水的锅里培植，放置在庭院里。那家酒厂的莲花最先开了花，莲花博士闻讯赶来，抚摸着美丽的花朵兴奋地说："开了，开了。"莲花的形状从"酒壶型"变成"茶碗型"，再到完全绽放成"托盘型"，报纸上还报道说，花瓣有二十四片。

文章下方还有一张照片，是一位戴着眼镜、头发斑白的博士，手里拿着开花的莲茎。信吾重读了这篇报道，发现博士已经六十九岁了。

信吾凝视着莲花的照片，片刻后，拿着报纸走向了菊子的卧室。

这是修一和菊子的房间。在菊子陪嫁的书桌上，放着修一的礼帽。礼帽旁边有一张信纸，也许菊子要写信吧。桌子前的抽屉上，铺着刺绣的布料，似乎散发着香水的芳香。

"怎么样？还是别总起来了。"信吾坐在桌前问。

菊子睁开眼睛，注视着信吾。她想要起身，但被信吾制止了，她显得有些为难，脸颊微微泛红。然而，额头看起来苍白而衰弱，眉毛很美。

"你看到报纸上说的两千年前的莲子开花了的报道吗？"

"嗯，我看了。"

"你看了？"信吾低声说，"如果你能跟我们坦白，菊子也不至于遭这份罪吧？当天就回来，身体吃得消吗？"

菊子愣了一下。

"是上个月。我们谈论孩子的时候……那时你就已经知道了吧。”

菊子枕在枕头上摇了摇头。

“那时我不知道。如果知道了，我怎么敢说孩子的事，太羞愧了。”

“是吗？修一说你有洁癖。”

看到菊子眼中噙满了的泪水，信吾没有再继续说下去。

“不用再去看看医生了吗？”

“明天去。”

第二天，当信吾从公司回来时，保子等得不耐烦似的说：“菊子回娘家了。说是在睡觉……两点左右，佐川家打来电话，房子接的，说是菊子过去了一趟，觉得有点不舒服，所以要在那里休养两三天，再送她回来。”

“是吗？”

“我让房子这样说：明天修一会去看望她。说是亲家母打来的电话。菊子不是回娘家去休养的吗？”

“不是的。”

“到底怎么了？”

信吾脱下外套，慢慢解开领带，仰头说道：“她做了人工流产。”

“哎？”保子大吃一惊，“哎呀，她竟然瞒着我们……那个菊子竟然？现在的人真可怕。”

“母亲，您真是糊涂。”房子抱着国子走进饭厅，说，“我早就知道了。”

“你怎么知道的？”信吾不由得问道。

“这种事没法说呀，总是要做善后处理的嘛。”

信吾再无二话可说。

都苑

（一）

“咱家的父亲真有意思。”房子在晚餐后粗笨地将小碗盘叠放在托盘上，说，“他对自己的女儿比对外来的儿媳妇还要客气呢。对吧，母亲？”

“房子！”保子以责备的口吻喊了声。

“可是，这不是事实吗？如果菠菜煮过头了，就说煮过头不就行了吗？又不是煮烂了，菠菜的形状还是在的。要是在温泉里煮就好了。”

“温泉？是什么意思？”

“温泉可以煮鸡蛋、蒸包子啊。母亲，你不是吃过某个地方的放射性温泉蛋吗？蛋白很硬，蛋黄很软……你还说过京都的丝瓜亭很不错。”

“丝瓜亭？”

“就是葫芦亭。再怎么穷，葫芦亭也是知道的。菠菜的煮法，根本没有好坏之分。”

保子笑了。

“如果在放射性温泉里掌握好温度和时间来煮菠菜，爸爸就会像大力水手一样，即使菊子不在也能充满活力。”房子说，但没有笑。

“我才不想呢，太郁闷了。”

房子借用膝盖的力量抬起沉甸甸的托盘，继续说：“英俊的儿子和美丽的儿媳妇不在身边，饭菜也不香了，是吧？”

信吾抬起头，与保子的视线相遇了。

“真能嚼舌头啊。”

“是啊。我以前说话、哭泣都很顾虑别人。”

“孩子哭是没办法的。”信吾喃喃自语，微微张着嘴。

“不是孩子，是我。”房子摇摇晃晃地走向厨房，“孩子哭是很正常的。”

厨房里传来了食器被扔到洗碗槽里的声音。

保子蓦地站起身来。

听到了房子的抽泣声。

里子眼珠向上翻，望了望保子，小跑进了厨房。

信吾觉得这是令人讨厌的眼神。

保子也站了起来，抱起旁边的国子放在信吾的膝上。说：“请照看下这孩子。”

然后她走向厨房。

信吾抱起国子，感受到她柔软的身体，将她紧紧地搂在怀里。信吾抓住宝宝的小脚，细细的脚踝和胖乎乎的脚心全抓在掌心中。

“痒吗？”

不过，宝宝似乎并不知道什么是痒。

他回想起房子还吃奶的时候，为了给她换衣服，曾让她赤裸着身子躺着，那时信吾用手挠她的胳肢窝，房子就会皱起鼻子，挥舞着小手……但好多事情信吾却已记不清楚了。

信吾很少说房子小时候长得丑陋，因为每当他想开口，保子姐姐的美丽面容便浮现在脑海中。

俗话说：女大十八变。可是信吾的期待最终落空了，随着时间的推移，这种期待也渐渐成为泡影。

外孙女里子的长相似乎比她母亲房子要好,婴儿国子依然有希望。

这么看来，信吾是否也在外孙女的身上寻求保子姐姐的影子呢？他对自己感到厌恶。尽管如此，信吾仍然被一种幻想所困扰，他认为菊子流产的孩子，那个失去的孙女，说不定才是保子姐姐的转世，是个未能在这个世界上诞生的美丽女孩。信吾对自己的这一想法感到震惊。

当信吾松开握住宝宝小脚的手时，国子便从信吾的膝上站起，想向厨房走去。她的手臂向前伸，脚步不稳。

“危险！”信吾话音未落，宝宝就摔倒了。

她向前摔倒在地，过了一会儿才开始哭。

里子揪住房子的衣袖,保子抱着国子,四个人一起返回到了饭厅。

“父亲真是糊涂得很呢，母亲。”房子一边擦拭餐桌，一边说，“他从公司回来，换衣服的时候，无论是汗衫或是和服，他都将大襟向左前扣，之后系上腰带，站在那里，一副搞笑的样子。哪有人这样穿的呢？父亲也许是有生以来第一次这样吧？看来是真糊涂了。”

“不是，还有一次。”信吾说，“那次是菊子告诉我，在琉球，向左扣或是向右扣都可以。”

“哦，琉球是这样的吗？能有这种事吗？”

房子的脸色又变了。

“菊子为了讨好父亲真是费尽心思，真是了不起。在琉球，真的是这样吗？”

信吾压抑着心中的怒火。

“汗衫这个词，原本是葡萄牙语。在葡萄牙的话，衣襟是向左还是向右就不知道了。”

“这也是菊子渊博的知识吗？”

保子从旁调节似的说：“夏天的单衣，爸爸常常翻过来穿。”

“无意中穿反和糊里糊涂地把衣襟向左扣，情况完全不同。”

“让国子自己穿和服试试吧，她可不知道衣襟是向左扣还是向右扣。”

“父亲返老还童还早呢。”房子以不屈的口吻说，“可是，母亲，这也太没出息了吧。儿媳妇就算回娘家一两天，爸爸也不至于把和服的衣襟弄错吧！亲生女儿都已经回娘家快半年了，不是吗？”

房子自雨天的大年夜回娘家后，的确快有半年了。女婿相原并没有说什么，信吾也没见过相原。

“快半年了呢。”保子附和道，“不过房子和菊子的事毫不相干。”

“没有关系吗？我觉得双方跟父亲都是有关系的。”

“那是因为孩子的事，所以希望父亲帮忙解决。”

房子低下头没有回答。

“房子，趁着这个机会，把想说的都说出来，心里会舒服些。菊子正好不在。”

“我有错，所以我也没必要强辩，不过，即便不是菊子亲手烧的菜，我也希望父亲能默默地吃下去。”房子又快要哭了，“难道不是吗？爸爸默默地吃着，感觉很难吃。这样我也很难过。”

“房子，你心里一定有很多想说的。你前几天去邮局，是给相原寄信了吧？”

房子似乎吓了一跳，但摇了摇头。

“房子似乎没有其他地方可以寄信，所以我认定就是相原了。”保子的语气异乎寻常的尖锐。

“是寄钱吗？”她问道，这让信吾意识到，保子可能在暗中给房子零花钱。

“相原现在在哪里？”

信吾转向房子，等待她的回答。

“好像不在家。我每月派公司的人去看看情况。与其说是查看情况，不如说是给相原的母亲送些赡养费。房子如果在相原家，可能会照顾她。”

“哦？”保子惊讶地问，“你派公司的人去吗？”

“他是个不多嘴的老实人，所以没问题。如果相原在家，我也想去谈谈房子的事，但见那位腿脚不便的老太太也无济于事。”

“相原在做什么？”

“嗯，听说是在贩卖毒品之类的，反正是被人利用的角色。他自己也是从劣质酒开始，逐渐沦为毒品的受害者。”

保子用一种恐惧的眼神看着信吾。看起来她对相原的事并不那么害怕，而是对一直隐瞒这些事情的丈夫感到恐惧。

信吾接着说：“不过，腿脚不便的母亲似乎也不住在那家了，换成了其他人。房子的家已经不存在了。”

“那房子的行李怎么办？”

“母亲，衣柜和箱子都早已空了。”房子说。

“是吗？只带着一个包袱皮回来，你这不是太天真了吗？真是的……”保子叹了口气。

信吾怀疑房子知道相原的行踪，并在依赖他。究竟是谁没能拯救相原的堕落，房子、信吾、相原自己，还是说谁都不能？信吾将视线投向暮色苍茫的庭院。

（二）

大约十点，信吾去公司时，发现谷崎英子留下了一张便条，“为少奶奶的事情来拜访您的，日后再来拜访您。”

英子所说的“少奶奶”，指的无疑是菊子。

英子辞职后，代替她被安排在信吾办公室工作的是岩村夏子，信吾问夏子：“谷崎大约什么时候来的？”

“嗯……我到办公室在擦桌子的时候，大概是八点多吧。”

“等了多久？”

“嗯……等了一会儿。”

夏子有个习惯，总是发出沉重而迟缓的“嗯”声，这让信吾有些不悦，可能是她乡下口音的缘故。

“她去见修一了吗？”

“没有。我想她是没见到就回去了。”

“是吗？八点多的话……”信吾自言自语。

英子可能是在去裁缝店上班前顺路过来的，那她大概会在午休时再来。

信吾再次看了看英子在一张大纸的角落上写的小字，随后望向窗外。

不愧是五月的天空，晴空万里。

信吾坐在横须贺线的电车上时，也眺望过这样的天空。看到乘客们纷纷打开了窗户。小鸟飞过六乡川闪闪发光的河水，连这鸟儿的身上也闪烁着银色光芒。北边的桥上，一辆红色的巴士奔驰而过，似乎并非偶然。

“天上大风，天上大风……”信吾无意识地反复念叨着赝品良宽禅师匾额上的诗句，眼睛望着池上的森林。

“哎呀！”他差点儿把身子探出左边的窗外。

“那棵松树，可能不在池上的森林里，而是更近的地方。”

那两棵高耸的松树，今早看上去，就像耸立在池上森林的跟前。

或许又是春天又是雨天的缘故，之前的远近层次并不分明。信吾继续透过车窗眺望，试图努力确认这两棵树。

而且，正因为每天都能在电车上看到，他的心中便涌起了想去那棵松树所在之地确认的冲动。然而，即使说是每天都能看到，他也是最近才发现那两棵松树。多年来，他只是呆呆地望着池上本门寺的森林就疾驰而过了。

然而，今天他第一次发现，那高耸的松树似乎不是池上森林的树，或许是因为五月的早晨空气尤其清新。

信吾第二次发现，这两棵松树的上半截相互倾向对方，像是要拥抱似的。

昨晚晚餐后，信吾谈到他去相原家探访，还稍微帮助了相原的老母亲时，愤愤不平的房子一下子安静了下来。

信吾觉得房子甚是可怜，他似乎发现了房子内心深处的什么秘密，但不知具体是什么，不如池上的松树那样清晰。

提起池上的松树，两三天前，信吾在电车上看着那棵松树时，逼问修一，修一才坦白了菊子人工流产的事情。如今，这棵松树不仅是松树，它已与菊子的堕胎紧密相连。每次通勤往返看到这棵松树时，信吾可能都会想起菊子。

今天早上当然也是如此。修一坦白的那个早晨，两棵松树在细雨中显得朦朦胧胧，似与池上的森林融为一体。然而今早，松树似乎与森林分离，堕胎的阴影缠绕着它，显得有些污浊，或许是天气过于晴朗的缘故吧。

“晴天也不能掩盖人心的阴霾。”信吾嘟哝了一句毫无意义的话，他开始工作，不再看窗外的天空。

晌午过后，英子打来了电话。她说今天忙于赶制夏服，无法过来了。

“忙到这种程度，变得这么能干了？”

“是的。”

英子沉默了一会儿。

“现在是在店里打的电话？”

“是的。不过，绢子不在。”她爽快地说出了修一情人的名字，“我在等绢子回来后再出门。”

“嗯？”

“喂喂，明天早上我去拜访您。”

“早上？又是八点左右吗？”

“不。明天我会等着您。”

“这么急？”

“是的。虽说不算急，但在我心里是急事。我想尽快和您谈谈，我很激动呢。”

“你很激动？是修一的事吗？”

“见面聊吧。”

虽然英子的“激动”不太可靠，但她连续两天前来想谈话，令信吾感到不安。

信吾越发觉得不安，便在三点左右拨打了菊子娘家的电话。

佐川家里的女佣去叫菊子接电话，这期间，电话里传来了优美的音乐。

自从菊子回到娘家后，信吾就没有和修一谈过菊子的事，修一似乎在刻意避开这个话题。

此外，若是去佐川家看望菊子，信吾也觉得可能会让事情变得更复杂，就打消了这个念头。

信吾认为，按菊子的性格，她应该不会把绢子和流产的事情告诉娘家父母、兄弟姐妹，但他并不确定。

电话中传来了优美的交响乐，菊子带着些许怀念的声音说：“……父亲。”

“父亲，让您久等了。”

“啊。”信吾松了一口气，“身体怎么样？”

“嗯，已经没问题了。让您担心了。”

“没事。”信吾有些语塞。

“父亲，”菊子又开心地叫了一声，“我想见您。我现在可以去吗？”

“现在？你没问题吗？”

“是的。我还是想早点见到您，免得回家时觉得尴尬。”

“好，那我在公司等你。”

音乐依旧在回响。

“喂喂。”信吾催促道，“这首曲子真好听啊。”

“啊，我忘记关了……这是芭蕾舞剧《仙女们》的音乐，是肖邦的组曲。我会把唱片带回去的。”

“你现在就来吗？”

“是的。不过，我不太想在公司见面，所以我在考虑……”

片刻后，菊子提议在新宿御苑见面。

信吾愣了一下，不由得笑了起来。菊子似乎觉得这是个好主意，“父亲，这样您也能在绿意盎然的地方放松一下。”

“我只去过一次新宿御苑，那次是因为偶然去看犬展。”

“我也准备去参观犬展，可以吧？”菊子笑过后，依然听见芭蕾舞剧《仙女们》的音乐声。

（三）

信吾按照和菊子约定的时间，从新宿一丁目的大木户门进入了御苑。

门卫室旁边立着的告示牌上写着：婴儿车每小时租金三十日元，草席每天二十日元。

一对美国夫妇走了进来，丈夫抱着一个女孩，妻子牵着一只德国猎犬。

进入御苑的不仅是这对美国夫妇，还有其他成双成对的年轻情侣，但在御园漫步的只有美国人。

信吾自然地跟在了这对美国夫妇的后面。

道路左侧看似落叶松的树丛其实是喜马拉雅杉。信吾在动物保护协会举办的慈善游园会上曾见过那片壮观的喜马拉雅杉群，但如今却不知它们位于何处了。道路右侧的树上都挂着树名的牌子，诸如槲树、赤松等。

信吾本以为自己会先到，于是放慢了脚步，但当他到达大门出口不远处的池边时，菊子已经在靠近池边的银杏树下的长椅上等候多时了。

菊子转过身，微微施了个礼。

“你来得真早，四点半，提前了十五分钟。”信吾看了看手表说。

“因为接到爸爸的电话，我真的很高兴，所以马上就出来了。您都不知道我有多么高兴。”菊子急促地说。

“那你等了好久了吧？穿这么薄的衣服，没问题吗？”

“没问题。这是我学生时期的毛衣。”菊子有些害羞地说，“娘家已经没有我的衣服了，又不好借姐姐的和服。”

菊子是八个兄弟姐妹中最小的一个，姐姐们都已成了家，所以提到的姐姐应该是嫂子。

她身上深绿色的毛衣是短袖的，信吾今年第一次看到菊子裸露的手臂。

菊子为她在娘家住了几天的事情，郑重地向信吾道歉。

信吾有些不知所措，只温柔地问：“你已经可以回镰仓了吗？”

“是的。”菊子坦率地点了点头，“我很想回去。”说完，她动了动美丽的肩膀，注视着信吾。虽然信吾并没有看清她肩膀的动作，但那柔和的气息让他感到惊艳。

“修一来看你了吗？”

“是的。不过，如果没有父亲的电话……”

“似乎有些不好回去。”菊子话到半截，又咽了回去，随后便从公孙树的树荫下走开了。

乔木浓密的绿意仿佛在菊子细长的脖子上倾泻而下。

池塘带点日式风情，小小的池中岛上，一名白人士兵正单腿踩在石灯笼上，与妓女嬉戏。岸边的长椅上也坐着一对年轻的情侣。

跟着菊子，信吾穿过池塘右侧的树木，惊叹道：“真宽敞啊。”

“父亲一定会觉得很心旷神怡吧。”菊子得意地说。

然而，信吾却在路边的枇杷树前停下，不愿立即走向那片宽阔的草坪。

“这棵枇杷树真美。因为没有障碍物，所以下方的枝干可以自由地生长。”信吾被树自然生长的状态深深感动了。

“树的姿态多美啊！说到这个，有一次来参观犬展览会的时候，喜马拉雅杉的高大树木也是一样，枝干一直伸展到下方，感觉非常舒适。那是在哪里呢？”

“在新宿那边吧。”

“对，那次是从新宿那边进来的。”

“刚才在电话中也听说，您是来参观犬展览会的？”

“嗯。狗不算多，但那是动物保护协会举办的慈善游园会。日本人不多，外国人倒是很多，大都是占领军的家属或外交官。那是夏天，身穿红色或水蓝色薄纱的印度女孩们特别美丽。当时有美国和印度的摊位，那时这些东西显得格外稀奇。”

虽然是两三年前的事，但信吾却无法回忆起具体的年份。

然而说着说着，信吾已经从枇杷树前离开。

“我们家院子的樱花，记得给它根部的八角金盘摘下来。菊子回来的时候，要记得，不要忘记。”

“好的。”

“那棵樱花树从来没有修剪过，所以我特别喜欢。”

“树枝很多，花也开得很茂盛……上个月樱花盛开的时候，和父亲一起听了佛都七百年祭的寺庙钟声。”

“你还记得这些事呢。”

“当然。我一辈子都不会忘记。连听到鸢的叫声的事也记得。”

菊子紧跟着信吾，从大榉树下走到宽阔的草坪上，看到这片广阔的绿地，信吾心中豁然开朗。

“哇，真舒畅。真没想到在东京竟然有这样的地方。”他凝望着伸向新宿远方的悠悠绿韵。

“听说在设计远景上煞费了苦心，这样纵深看起来就更觉深邃了。”

“远景是指什么？”

“就是视野的延伸吧。诸如草坪的边缘和中间的道路都是缓缓的曲线。”菊子说，她从学校过来的时候听老师解释过。这个大草坪采用了英国风景园的风格，散植着乔木。

宽阔的草坪上，几乎全是年轻的男女。有的并肩躺着，有的坐着，有的悠闲地漫步。偶尔能看到五六个女学生和孩子的身影，但信吾对这个幽会乐园惊讶不已，他觉得自己在这里有些不合时宜。

眼前呈现出这样一幅景象：如同皇室的御苑开放了一般，年轻的男女也像是被释放出来的。

信吾与菊子走进草坪，从幽会的情侣中穿行而过，没有人注意他们。信吾尽量避开密集的人群。

但是，菊子是怎么想的呢？年老的公公带着年轻的儿媳妇来公园，虽然只是这样，但信吾却感到有些不适应。

菊子在电话里提议在新宿御苑见面，信吾起初并未太在意，但亲自来到这里却觉得有些不寻常。

在草坪上有一棵格外挺拔的树，信吾被它吸引了。

抬头仰望并靠近这棵参天大树时，信吾感受到了这棵高耸大树的力量和绿意，自然的气息洗涤了他与菊子之间的烦恼。心中想着：“父亲也会觉得心旷神怡的。”

这是一棵北美鹅掌楸，靠近时才发现是三棵树合成一棵的姿态，竖着的说明牌上写着，花朵像百合，也像郁金香，所以又叫“郁金香树”，原产于北美，生长迅速，树龄大约五十年。

“哇，竟然有五十年了。”信吾惊奇地仰望着。

宽大的叶片枝干仿佛要将二人搂抱住隐藏起来似的。

信吾坐在长椅上，心神不宁。信吾突然站起身，菊子感到意外，看了看他。

“我们去看看那边的花吧。”信吾说。

在草坪对面有一片开满白色花朵的花坛，垂下的百合树枝恰好与花坛的高度相接，远远看去十分娇艳。穿过草坪时，信吾说：“日俄战争凯旋将领的欢迎会就是在这个御苑举行的。当时我不到二十岁，住在乡下。”

花坛两侧是壮观的林荫道，信吾在林荫道的长椅上坐下。菊子在他面前站着，说：“明天早上我就回家。也请您告诉母亲，不要责怪我……”说着，她坐到了信吾的旁边。

“在回家之前，如果有什么想告诉我的……”

“告诉父亲的吗？我有很多想说的。”

（四）

第二天早上，信吾虽满怀期待菊子的归来，但在她还未回来之前就出门了。

“她说不要责怪她。”信吾对保子说。

“岂止不责怪她，倒是我们应该道歉吧。”保子面带微笑。

信吾决定尽可能给菊子打个电话。

“你这个父亲对菊子起的作用真大啊！”保子在玄关送信吾出门时说，“不过，这很好。”

信吾刚到公司不久，英子就来了。

“啊！你变漂亮了呢，还带了花。”信吾和蔼可亲地迎接了她。

“一上班就忙得抽不开身，所以我在街上闲逛了一会儿，花店的花特别好看。”走到信吾的办公桌前，英子一脸严肃，用手指在桌子上写下了“把她支开”。

“嗯？”信吾有些困惑，随即对夏子说：“你稍微出去一下。”

趁着夏子离开的间隙，英子找到了花瓶，把三朵玫瑰插了进去。她穿着一件连衣裙，确实像裁缝店女店员，她看起来似乎又胖了一些。

“昨天失礼了。”英子有些生硬地说，“我……连续几天来打扰您……”

“没关系，请坐吧。”

“谢谢。”她坐下，低下了头。

“今天又让你迟到了吧？”

“是的，这件事……”

英子抬起头，望着信吾，似乎快要哭出来，深吸了一口气。

“我可以说吗？我可能是因为愤怒而太激动了。”

“嗯？”

“少奶奶的事。”英子犹豫了一下，“她……做了人工流产吧？”

信吾没有回应。

英子是怎么知道的呢？难道修一说了？不过，英子与修一的情人在同一家店工作，信吾有点厌恶，感到一阵不安。

“即便说人工流产是可以理解的……”英子再次犹豫。

“谁告诉你的这些？”

“医院的费用，是修一先生从绢子那里拿的。”

信吾的心猛地缩紧了。

“我觉得这太过分了，这样侮辱一个女人，真是无情。少奶奶真是可怜，我实在忍不下去了。修一先生既然把钱给了绢子，那笔钱或许也算是他自己的钱，但我们觉得不应该。毕竟我们与他的身份不同，修一先生应该能拿得出那点钱的。就因为身份不同，他就可以这样做吗？”

英子瘦削的肩膀微微颤抖着，她在克制着自己的情绪。

“把钱给他的绢子也有问题，我不明白，我实在是气得不行，非常不舒服。即便我因此不能再和绢子在同一家店工作，我也在所不惜，无论如何都想来和您谈谈。我知道说这些有点多管闲事，但我还是觉得必须告诉您。”

“没关系，谢谢你。”

“在这里您对我很好，少奶奶我虽然只见过一次，但我很喜欢她。”

英子噙满泪水的眼睛闪闪发光。

“请让他们分手吧。”

“嗯。”

虽然这一定指的是绢子，但听起来似乎也在说要让修一和菊子分开。

信吾的心情无比沉重，仿佛被推到了深渊。

信吾对修一的麻木不仁和萎靡不振感到震惊，但他自己似乎也陷入了同样的泥沼，内心充满了黑暗的恐惧。

英子尽情把话说完后要离开了。

“哎，算了。”信吾有气无力地挽留她。

“改天再来拜访。今天非常不好意思，还掉了眼泪，实在讨厌。”

信吾感受到英子的好意和善意。

曾经他觉得英子靠绢子才在同一家店工作，对她的迟钝感到震惊，但此时他意识到，修一和自己或许更加麻木不仁。

信吾茫然地注视着英子留下的深红玫瑰。

信吾曾听修一说过，菊子因性情洁癖，不愿意在“这样的情况下”生孩子。但菊子的这种洁癖，似乎已经完全被践踏了。

菊子是否还对此一无所知，此刻的她已经回到镰仓的家中了吧。信吾不由得闭上眼睛想着。

伤后

（一）

星期天早上，信吾用锯子锯掉了缠在樱花树根下的八角金盘。

“如果不挖掉根，就无法根除。”他一边想着，一边又自言自语道，“每次芽冒出来再剪掉就好了。”

他之前也曾割过，但反而让这些八角金盘生长得更加茂盛。然而，此刻信吾又懒得去铲除，可能连刨根的力气都没有了。

八角金盘的树干虽然一锯就断，但它盘根错节，弄得信吾满头大汗。

“我来帮忙吧。”修一不知什么时候走了过来。

“不用，没必要。”信吾冷冷地回应。

修一呆立了一会儿，说：“是菊子叫我来帮忙的。她说父亲在锯八角金盘，让我来帮您。”

“是吗？不过，快完事了。”

信吾坐在被锯倒的八角金盘上，往家的方向看去，只见菊子倚在廊台的玻璃门旁，身上系着一条鲜艳的红色腰带。

修一拿起信吾膝上的锯子：“要把这些都锯掉吗？”

“嗯。”

信吾看着修一利落的动作，剩下的四五棵八角金盘一瞬间就都被修一砍倒了。修一转头问："这棵也锯吗？"

"这个嘛，等等。"信吾站了起来。

两三株樱花树幼苗在树旁生长着，似乎是从主树的根部长出的，还不是独立的小树，可能只是枝条。

粗大的树干底部也长出了一些小枝丫，像是插枝一样，上面还长着叶子。

信吾稍微后退一点，看了看："果然，从泥土里长出来的那些，锯掉会更好看吧。"

"是吗？"

然而，修一并没有立刻去锯那棵樱花树，似乎觉得信吾的想法很可笑。

菊子也走下来到了庭院。

修一用锯子指着樱花树幼苗，微笑着说："父亲在考虑要不要锯掉这棵。"

"最好锯掉。"菊子爽快地回答。

信吾对菊子说："我不太确定这算不算枝条。"

"泥土里是不会长出枝条的。"菊子说。

"从根部长出的枝条叫什么呢？"信吾也笑了。

修一开始默默地锯那棵樱花树幼苗。

"总之，我想把这棵樱花树的所有枝条都保留下来，让它自由自然地生长。八角金盘碍事，所以才把它们锯掉了。"信吾说。

"那……树干底部的小枝条就留着吧。"菊子看着信吾说，"那些小枝条像筷子或牙签一样，开花时真是可爱。"

"真的吗？它开过花吗？我没注意到。"

"开过的，小枝上开了一簇花，有两三朵……有些像牙签似的细枝条上，似乎也只有一朵花。”

“是吗？”

“不过，这样的枝条能长大吗？如果这样可爱的枝条能长成新宿御苑的枇杷或杨梅的下枝那么大，那我恐怕都成老太婆了。”

“也未必。樱花长得快。”信吾回答，将目光转向菊子。

信吾并没有告诉妻子和修一他和菊子曾去过新宿御苑。

但是，菊子回到镰仓的家后，是否马上向丈夫坦白了呢？不过，菊子可能不觉得这事需要特别提及，也许漫不经心地就说出来了。

“听说你和菊子在新宿御苑见过面呢。”如果修一觉得难以启齿，或许应该由信吾先提起。但双方都没有说，心中似还有未解的结。修一可能从菊子那里听说了，却假装不知。

但是，菊子的脸上丝毫未流露出拘束的神色。

信吾凝视着樱树的那些小枝条，脑海中浮现出这些细弱的枝条像在新宿御苑那些树的底部一样伸展开来的景象，它们长长地低垂在地面上，爬向四方，开满了花，该是多么壮观啊！但信吾从未见过樱树会如此生长，也没有见过从主树根部伸出的枝条。

“锯掉的八角金盘要放在哪里？”修一问。

“随便放到某个角落就行。”

修一将八角金盘归拢到一边，搂在胳肢窝下，把它硬拖着走，菊子也跟着搬了三四棵，修一体贴地说：“没关系，菊子……还是要注意身体。”

菊子点点头，放下八角金盘，停下了。

信吾回到了屋里。

“菊子也在院子里忙吗？”保子摘下老花镜说，她正在把旧蚊帐改小，给小外孙睡午觉用。

“星期天，两个人都在自己的庭院里，这可不常见。自菊子从娘家回来，二人的关系似乎变好了，真是不可思议。”

“菊子也很伤心。”信吾低声说。

“可也不能完全这样说。”保子加重语气地说，“菊子是个笑容可爱的孩子，但像现在这样开心地笑着的菊子，我已经很久没有见过了。看到憔悴的菊子露出这么开心的笑容，我也……”

“嗯。”

“最近，修一也总是早早回家，星期天也待在家里，二人现在是雨过天晴了啊。”

信吾坐在那里默不作声。

修一和菊子一起走进屋里，修一一边说：“父亲，您爱惜的樱花嫩芽被里子拔掉了。”一边用手指夹着那根小枝条，向信吾展示。

“里子觉得拔八角金盘好玩，结果把樱花嫩芽也拔掉了。”

“是吗？确实是小孩容易拔掉的枝条。”信吾回答。

菊子半掩在修一的身后，静静地伫立着。

（二）

菊子从娘家回来时，送给信吾一个日本产电动剃须刀作为礼物，给保子的是腰带，送给房子的是里子和国子的儿童服装。

“有没有给修一什么？”信吾后来问保子。

“带了一把折叠伞，好像还有一把美国产的梳子，梳子套的一面是镜子……据说梳子是表示缘分已尽的东西，不应该用来送人，菊子可能不知道。”

“美国的话可不讲究这些。”

“菊子也给自己买了同样的梳子，只是颜色不同，稍微小一点。房子看到后觉得很好，就给了她。菊子从娘家回来，难得买了一把跟修一一样的梳子，结果回来后却成了这样，真是令人同情。就算只是把梳子，房子也实在是太迟钝了。”保子觉得自己的女儿一点都不懂事，“里子和国子的衣服都是上等的丝绸，挺不错的。虽然房子没有收到什么礼物，可给了两个孩子，那就算是给了房子了。菊子被抢了梳子，肯定会觉得内疚，因为没有给房子买礼物。总之，为了那样的事回娘家的菊子，实在不应该给我带礼物的。”

“确实如此。”

信吾也有同感，但也有保子所不知道的忧郁。

菊子在买礼物时，可能给娘家的父母添了麻烦。菊子的流产费用，修一居然让绢子来承担，所以信吾推测修一和菊子可能连买礼物的钱都没有。菊子可能只以为医院的费用是修一出的钱，就向娘家的父母索要了买礼物的费用。

信吾懊悔自己很久没有给菊子零用钱，虽然他并非没有意识到这一点，但修一与菊子的婚姻关系产生裂痕，作为公公的信吾与菊子的关系越来越亲近，反而让他更难主动给菊子零花钱了。然而，他没有站在菊子的立场上考虑，或许这与房子夺走她的梳子没有什么两样。

菊子显然是因为修一的放荡不羁而过得很拮据，因此不可能伸手向公公要零用钱。如果信吾能体贴到她的难处，菊子也不至于蒙受用丈夫情人的钱做人工流产的屈辱。

“要是不买礼物，我反而不会这么难过。”保子若有所思地说，“加起来，这可花了不少钱啊。估计得花多少呢？”

“我也不知道。”信吾心中大概算了一下，“电动剃须刀要多少钱，我真没法估计，毕竟从没见过。”

“确实。”保子也点了点头，“如果这是抽奖的话，老头子绝对是一等奖。毕竟是菊子买的，当然是你那份最好了。首先，它会发出声音，能动。”

“刀齿是不会动的。”

“是会动的。如果不动，怎么能刮得干净呢？”

“不是的，我怎么看都觉得刀齿没动。”

“是吗？”

保子哧哧地笑了。

“你呀，就像孩子拿到玩具一样开心，光凭这副神态，绝对就是一等奖。每天早晨都使用剃刀，剃刀的嗡嗡声我都听到了，吃饭时也不停地抚摸下巴，乐在其中，菊子虽然开心，但也有些害羞。”

“我也借给你用。”信吾笑着说，保子却摇了摇头。

菊子从娘家回来那天，信吾和修一一起从公司回家，傍晚的饭厅里，菊子带回的电动剃须刀格外受欢迎。

擅自回娘家住的菊子，还有让菊子堕胎的修一一家，彼此面对时都有些尴尬，而电动剃须刀就成了他们缓解尴尬进行寒暄的代替品。

房子当场就给里子和国子试穿了儿童服装，她对衣服领口和袖口的精致刺绣赞不绝口，脸上露出了明亮的笑容。信吾则边阅读“使用说明书”，边尝试使用剃须刀。

家人们都注视着信吾，期待着他的使用体验。

信吾一只手握住剃须刀，在下巴上移动，另一只手拿着“使用说明书”，说：“这里写着，女士后颈的汗毛也能轻松剃掉。”说完，他看向菊子。

菊子的鬓角和额头之间的发际线格外美丽，信吾似乎从未注意到。那里的发际线描绘出微妙而娇美的曲线，细腻的肌肤和整齐的毛发形成了鲜明而清晰的对比。

菊子的脸色稍显苍白，但脸颊却泛着淡淡的红晕，眼中闪烁着快乐的光芒。

“老头子收到了一个好玩具呢。”保子说。

“这可不是玩具，而是文明的利器，是精密的机器。它上面还有机器编号，经过检测、调整和完成，负责人的印章都在上面。”

信吾满心高兴，试着顺着胡须的生长方向刮，又逆着刮了一下。

“据说这个不会伤害肌肤，也没有剃刀刮伤的问题，而且不需要肥皂和水。”菊子补充道。

“嗯。年纪大的人使用剃刀容易被皱纹卡住，这个你用也合适。”信吾说着，准备把剃须刀递给保子。

保子吓得往后退了一步：“我哪有胡子呢？”

信吾仔细观察电动剃须刀的刀片，戴上老花镜再次查看，“刀齿不动，怎么剃的呢？虽然马达在转，但刀齿并没有动。”

“让我看看？”修一伸出手，但很快又把剃须刀递给了保子。

“还真是呢，刀齿好像没动。跟吸尘器一样吧，不是把灰尘吸进去的吗？”

“剃掉的胡须也不知道跑哪儿去了。”信吾说罢，菊子低头笑了。

“作为电动剃须刀的回礼，您要不要买个电动吸尘器？电动洗衣机也不错，这就帮了菊子的大忙了。”

“确实。”信吾对老伴儿回应道。

“我们家可一点这类文明的利器都没有。电冰箱，每年说要买都没买，今年也该买了。还有面包机，面包烤好后，‘咔嚓’一声自动弹出来，挺方便的。”

“老太婆的家庭电气化理论啊。”

“你这个做父亲的，只嘴上心疼菊子，却没给她带来什么货真价实的好处。”

信吾取下电动剃须刀的盖子，发现剃须刀的盒子里有两个刷子，一个像小牙刷，另一个像小瓶刷，信吾试着用了用这两种刷子。用瓶刷清理刀齿后面的孔时，他无意中低头一看，发现自己的膝盖上落下了几根极短的白发。他只看到了白发。

他悄悄地拂了拂膝盖。

（三）

信吾最终买了一台电动吸尘器。

早餐前，菊子使用的吸尘器的声音和信吾的电动剃须刀马达声交织在一起，信吾觉得有些滑稽。然而，这或许是家庭生活焕然一新的象征。

里子对电动吸尘器感到好奇，紧跟着菊子。

可能是因为电动剃须刀，信吾做了一个关于胡子的梦。在梦中，信吾并不是故事的主角，而是一个旁观者。不过，在梦里，主角和旁观者的界限并不明显。而且，这个梦的背景是在他从未去过的美国。后来，信吾想，可能是因为菊子带回的梳子是美国制造的，才让他做了这样的梦。

在信吾的梦中，美国各州的居民情况各不相同，有的州以英国人为主，有的州则有很多西班牙人。因此，各州的胡子也各具特色。尽管醒来后他不太记得胡子的颜色和形状有什么不同，但梦中的信吾清楚地意识到美国各州、各个种族的胡子存在明显的差异。然而等到醒来后，他忘记了各州的名字，但梦中有一个男人将这些州和种族的胡子特征都集于一身。这个男人的胡子并不是各种族的毛发混在一起，而是分成不同的区域，比如这部分是法国式的，那部分是印度式的，各种风格完美地融合在一个人的胡子上。换句话说，这个男人的胡子一束束地垂着，每束都是美国各州和不同种族的独特毛发。

美国政府将这个男人的胡子指定为天然纪念物。由于被指定为天然纪念物，这个男人无法随意修剪或打理自己的胡子。

梦境就到此为止。信吾看着这个男人色彩斑斓的胡子，隐约觉得与自己的胡子有些相似。这位男子的骄傲与困惑，也在某种程度上成了信吾的骄傲与困惑。

这个梦几乎没有情节，仅仅看到了这个胡子男。

当然，这个男人的胡子很长。信吾每天早晨用电动剃须刀剃得干干净净，或许因此他才做了一个胡子肆意生长的梦。不过，胡子被指定为天然纪念物，听起来确实有些可笑。

这是一个天真烂漫的梦，信吾在早晨醒来时，期待和大家分享梦中的内容。然而，听着雨声，他却没过多久就再次入睡，随后又被一个邪恶的梦惊醒。

信吾在梦中触摸到了一对尖尖的下垂的乳房，乳房依旧柔软，没有变得紧致，似乎这个女人并不愿意回应信吾的触碰。哎，真无聊。

信吾触摸了乳房，却不知道这个女人是谁。与其说不知道，不如说他根本没有思考过这个女人的身份。女人的脸和身体似乎都不存在，只有两个乳房飘浮在空中。于是，当他开始思考这个女人的身份时，发现她是修一朋友的妹妹。然而，信吾并没有感到任何良心上的谴责或刺激。这个女孩给他的印象非常淡薄，姿影也是模糊的。虽然乳房是未生育过的女人的，但信吾没想到她还是处女。他注意到指尖上留存的纯洁痕迹，心中一震，虽然感到困扰，但并不觉得太糟糕。

“就当她曾经是个运动员的缘故吧。”他嘟囔着。

这句话让信吾惊醒了，梦境也随之破碎。

信吾发觉“哎，真无聊”这句话是森鸥外的临终遗言，像是曾在报纸上看到过。

然而，就在从那个令人不快的梦中醒来时，信吾首先想起了森鸥外临终时的那句话，并将其与自己梦中的言语联系在一起，这或许是他内心的自我开脱。

梦中的信吾没有爱，也没有快乐，甚至连淫荡的念头都没有。简而言之，就是“真无聊”，梦寐不安，索然无味。

信吾在梦中并没有侵犯那个女孩，或许只是差一点。然而，如果是因为激动或恐惧做了侵犯的事的话，醒来后或许仍会残留些许邪恶的生命力。

回想近年来自己做的淫荡的梦，通常梦中的对象都是所谓的下贱女人。今夜梦中的女孩也是如此。或许信吾连在梦中也害怕因奸淫而受到强烈的道德谴责。

信吾想起了修一朋友的妹妹，觉得她的胸部是丰满的，在菊子嫁给修一之前，修一与她有过短暂的交往，也提过亲。

“啊！”信吾恍如触电般。

梦中的女孩不就是菊子的化身吗？在梦中，或许正因为道德的约束，才借用了修一朋友妹妹的形象作为替身。而为了掩饰这种不伦之恋，掩盖良心的谴责，梦中的女孩又变成了一个比那个女孩更乏味的毫无风趣的女人。

如果信吾的欲望能够随心所欲地得到满足，如果信吾的人生也能够随心所欲地重建，那他会爱上的，不就是处女的菊子，也就是和修一结婚前的菊子吗？

然而，这种深藏的欲望被压抑、扭曲，最终在梦中以丑陋的形象浮现。信吾是不是在梦中也试图隐瞒这一切，欺骗自己呢？

他假托修一朋友的妹妹的身份，且这个女孩的形象模糊不清，或许正是因为他极度恐惧这个女孩就是菊子。

回过头来想，梦中的对象是朦胧的，梦的情节也是模糊的，记忆不再鲜明，而触摸乳房的那份愉悦感也消失了，仿佛在醒来之前，油然生出某种狡猾的意识，将梦境抹去了。

“这只是个梦。指定胡子为天然纪念物也只是梦而已。我不相信梦的解析。”信吾用手掌擦了擦脸。

梦境使信吾感到全身战栗，醒后毛骨悚然，汗流浃背。做了胡子的梦后，毛毛细雨变成了倾盆大雨，猛烈地敲打着房屋，连榻榻米都快要湿透了。然而，这雨声似乎预示着很快就会停歇。

信吾想起了四五天前在朋友家看到的渡边华山的水墨画。

水墨画中，一只乌鸦栖在枯树的顶端，标题为“乌鸦掠过五月雨，顽强攀登迎黎明”。

当他读到这句诗时，似乎能理解这幅画的意义，以及华山的心情。画中的乌鸦停在枯树上，忍受着风雨，等待黎明的到来。画上用淡墨表现了强烈的暴风雨。信吾并不记得枯树的具体形状，但他印象中，应该是粗壮的树干被拦腰折断了。他清楚地记得乌鸦的姿态。或许是因为在睡梦中，或是因为被雨水浸湿，可能二者兼有，总之，乌鸦显得有些臃肿，嘴巴也很大。上嘴喙的墨迹模糊，显得很厚重。尽管眼睛睁着，但似乎并未完全醒来，有些困倦，而那双眼睛却带着愤怒的力量。鸟的形象被描绘得很大。

信吾只知道华山过的是贫困的日子，最终选择了切腹自杀，但他认为这幅《寒林群鸦图》表达了华山某个时期的心境。

或许朋友是为了迎合季节才将这幅画挂在墙上的，信吾不禁说：“这只乌鸦看起来真凶猛。”

“可不是嘛。”

“是啊。战争期间，我常常看到这只乌鸦，心中暗想，真是个讨厌的家伙。虽然有时也显得安静。不过，朋友，如果像华山那样必须选择切腹的话，我们又要切腹多少次呢？这就是时代的变迁啊。”朋友说。

“我们也在等待黎明……”

信吾心想：在这场倾盆大雨的夜晚，那幅乌鸦的画，或许仍然挂在朋友的客厅里。想着想着眼前就浮现出那幅画来。

信吾暗自思忖：家里的鸢和乌鸦今晚又在做什么呢？

（四）

第二次梦醒后，信吾再也无法入睡，于是静静等待黎明，但他并没有像华山的乌鸦那样倔强、神气十足。

无论是菊子还是修一朋友的妹妹，面对淫靡的梦境，内心却毫无波动，这让他感到无比可悲。比起淫乱，这种情感更加丑陋，或许正是所谓的“老而无耻”。

战争时期，信吾没有跟女性发生过关系，他就这样过来了。虽然他还不算老，却仿佛已经习惯了这种状态。他的生活被战争压迫，至今未能恢复。思维方式也似乎被战争的狭隘常识束缚了。

在他们这个年龄段，或许有很多人也面临着这样的境遇，信吾想向朋友们询问，但又担心只会被嘲笑无能。

在梦中爱上菊子也未尝不可。在梦里，他又何必恐惧和顾虑什么呢？即使在现实中，他也可以暗中爱着菊子，这又有什么不可以呢？信吾试图重新这样思考。

然而，与谢芜村[①]的那句诗“老身忘恋泪纵横”又浮现在他脑海中，使得他的心情越发沉重。

① 与谢芜村（1716—1783）：日本江户时期俳句诗人、画家。

修一有了情人，菊子与修一的夫妻关系反而逐渐加深了。菊子堕胎之后，二人的关系变得缓和而平静了。在狂风暴雨的夜晚，菊子比平时更依赖修一，而在修一醉醺醺地踏着泥泞归来的晚上，菊子则比平时更加温柔地原谅了他。

这究竟是菊子的可怜，还是她的愚昧？

菊子对此有意识吗？或者说，她是否在无意识中顺从着自然的奇妙与生命的潮流？

菊子通过不生孩子、回娘家向修一抗议。在抗议中，也表现了她内心难以忍受的悲伤。然而，两三天后她又回来了，似乎在向修一道歉，或者像是在抚慰自己的伤痛，再次与修一和好如初。

在信吾看来，这算什么？太无聊了。不过，也算是好事吧。

信吾甚至想：要不然绢子的问题暂时置之不理，就顺其自然解决吧。

尽管修一是信吾的儿子，但菊子落到非同修一结合不可的地步，信吾感到疑惑不已：他们二人是理想的夫妻和命中注定的伴侣吗？

不想吵醒身旁的保子，信吾打开了枕边的灯，虽然看不到钟，但外面似乎已经亮了，寺庙六点的钟声应该快响了。

信吾想起了新宿御苑的钟声。

那是傍晚闭园的信号，信吾曾对菊子说："这声音像教堂的钟声。"那时，他想象着自己穿过某个西方公园的树荫，走向教堂。聚集在御苑出口的人们，似乎也要去教堂。

信吾睡眠不足，可还是起床了。信吾不好意思看菊子的脸，与修一一起早早出门了。

信吾突然问："你在战争中杀过人吗？"

“谁知道呢？如果我的机枪子弹打中人，那他肯定死了。不过，我并不是在开机枪。”修一露出一副厌恶的神色，转过了脸去。

白天停的雨在夜里又开始下了起来，将东京笼罩在浓雾中。

在公司宴会结束时，信吾坐上了最后一班车，结果不得不送艺伎回家。

两位年长的女士坐在信吾的旁边，年轻的三位则坐在后排的人的膝盖上。信吾伸手环过腰带，将她们拉近，说：“没关系的。”

“对不起。”艺伎安心地坐在信吾的膝上，她比菊子年轻四五岁。

信吾想着要记住这个艺伎的名字，心里打算在电车上把她的名字记在手册里，但这只是一时兴起，恐怕转眼就会忘记。

雨中

（一）

那天早晨，菊子先看了报纸。

雨似乎淋进了门口的邮筒里，菊子一边用烧饭的煤气火把报纸烘干，一边阅读。

信吾偶尔会早早醒来去拿报纸，然后把报纸带回床上读，但通常是菊子负责去拿早报。不过，一般是在送走信吾和修一之后，她才会来看报。

“父亲，父亲。”菊子在隔扇门外小声呼唤。

“怎么了？”

“如果您醒了的话，能不能麻烦您出来一下……”

“哪里不舒服吗？”

听到菊子的声音，信吾这么想着，便立刻起床了。

菊子手里拿着报纸，站在走廊上。

“怎么了？”

“相原的事，报纸上有报道。”

“相原被警察逮捕了？”

“不是的。”

菊子微微后退，把报纸递给了信吾。

“啊，还是湿的。”

信吾没想接过报纸，只是伸出去一只手，湿报纸便啪地掉了下来。

菊子用手把报纸的一端接住了。

“看不清楚啊。相原怎么了？”

“他殉情了。”

“殉情？死了吗？”

“报纸上写着，有希望保住生命。”

“是吗？等一下。”信吾正打算放下报纸离开，又问道，“房子还在睡觉吧？在我们家吧？”

“是的。”

昨晚房子确实是在这个家中和两个孩子一起睡觉，她怎么可能和相原一起殉情呢？今早的报纸上不可能这么快刊登消息啊。

信吾望着厕所窗外的倾盆大雨，试图让自己平静下来。山脚下细长的树叶向下垂落，雨珠不停地滴落在树叶上，顺流而下。

“雨下得真大，不像梅雨啊。”他对菊子说，

他坐在饭厅里，拿起报纸正要读，老花镜又从鼻梁上滑了下来。他咂了下舌头，摘下眼镜，从鼻梁到眼角用力揉了揉，有点滑，感觉十分不舒服。

在阅读一篇简短报道时，眼镜再次滑落。

相原是在伊豆的莲台寺温泉殉情的。女方已死，是一名二十五六岁的女侍，但身份不明。男方似乎是个长期吸毒者，有望保住性命。由于男的吸了毒品，且没有遗书，怀疑男方是伪装自杀。

信吾真想抓住滑落到鼻尖的眼镜，狠狠摔掉。

是相原的自杀让他愤怒，还是眼镜的滑落让他恼火，信吾自己

都分不清。

他粗暴地用手擦了擦脸，站起来走向了洗手间。

报纸上写着，相原的住址在横滨，妻子房子的名字并没有出现。

这篇新闻与信吾一家毫无关系。

横滨的地址说不定是编造的，相原可能无固定居所。而房子或许也早已不是相原的妻子了。

信吾先洗了脸，后刷了牙。他依然认为房子还是相原的妻子，这个想法让他感到困扰和迷茫，或许这只是信吾的优柔寡断和感伤。

“还是留给时间去解决吧。”信吾喃喃自语。

他迟迟没有解决的问题，最终不是时间给出了答案吗？

然而，在相原落到这般境地之前，信吾难道就无法帮助他了吗？

是房子把相原推向了毁灭，抑或是相原将房子带入了不幸，这些都无法确定。如果说他们具有迫使对方走向毁灭或不幸的性格，那么也具有由于对方引诱而走向毁灭或不幸的性格。

信吾回到饭厅，边喝着热茶边说：“菊子，五六天前，相原把离婚申请寄来了，你知道吧？”

“是的，父亲您当时很生气……”

“没错，我生气了。房子也说，这简直是侮辱人。不过，那也许是相原死前做的善后处理。相原是下了决心自杀，绝对不是伪装。那个女人倒是被他拖下水了。”

菊子微蹙起美丽的双眉，沉默不语，她穿着黑条纹的丝绸衣服。

“叫修一过来。”信吾说。

看着菊子离开的背影，信吾觉得她因穿和服的缘故，显得更高了。

“听说相原出事了？”修一对信吾说，拿起了报纸，“姐姐的离婚申请已经提交了吗？”

“还没有。”

“还没吗？”修一抬起头，问道，“为什么？今天就应该尽快提交。如果相原救不活的话，那不就成了死人提交离婚申请了吗？”

“可是，两个孩子的户籍怎么办？相原没有提到孩子的事，孩子这么小，根本没有选择户籍的能力。”

房子已经签字的离婚申请就放在信吾的包里，每天往返于家与公司之间。

信吾不时会让人送钱到相原的母亲那里，本想着也让这个人把离婚申请送到区政府，但却一天天拖了下来。

“孩子已经在我们这里了，有什么办法呢？”修一无奈地说。

“警察会来找我们吗？”

“来干什么？”

“来找相原的担保人什么的。”

“不会的。相原之所以寄来离婚申请，就是为了避免这种情况。”

房子粗鲁地推开了隔扇，穿着睡衣走了出来。

她没有认真看过报纸，就把报纸撕碎，满腔怒火地扔了出去。虽然她用力撕扯，扔出去的报纸却飞不远。房子像是要倒下似的，将散落的碎报纸推开了。

“菊子，把那扇隔扇关上。”信吾说。

透过房子打开的隔扇，可以看见两个孩子的睡姿。

房子颤抖着手，再次撕扯着报纸。

修一和菊子都沉默不语。

“房子，你不打算去接相原吗？”信吾问。

“我才不去。”

房子一只胳膊肘撑着榻榻米，蓦地转过身来，抬眼瞪着信吾。

“父亲，您把自己的女儿看成什么了？真是没骨气。让自己的女儿经历这样的事情，您就不能生气吗？要接您去接，您去丢人现眼好了。到底是谁把我嫁给这样的男人的？”

菊子站起来走进了厨房。

信吾刚才是将脑海中浮现的话脱口而出了，但他在心里默默思考，房子去接相原，让这对分离的夫妻重新相聚，重整生活，似乎也是人之常情。

（二）

关于相原是生是死，之后的报纸没有进一步的报道。从区政府接受离婚申请的情况来看，户籍上似乎并没有标记为死亡。

但即便他死了，相原也不可能作为一个身份不明的男人被埋葬，他有一位腿脚不便的母亲。即使她没看到报纸，相原的亲属中总会有人注意到。信吾猜想，相原大概是获救了。

光凭想象，信吾就收养了相原的两个孩子，这能算事情了结了吗？修一对此已经看得开，但信吾心中仍顾虑重重。

实际上，这两个外孙女已成了信吾的负担。修一似乎并没有意识到，将来这也会成为他的负担。

暂且抛开抚养的责任不谈，房子和外孙女们的未来幸福，似乎已经丧失了一半，但仍可能归咎于信吾的责任。

当信吾提交离婚申请时，相原的情人也浮现在他的脑海中。

确实有一个女人死了，那个女人的生死到底算什么呢？

“变成精灵吧。”信吾自言自语道，“不过，这真是无聊的一生。”

如果房子能与相原平安地生活下去，那个女人就不会选择殉情，因此信吾也不免有间接杀人之嫌。这样想来，难道就不会引起吊唁那个女人的慈悲心吗？

然而，那女人的身影并没有浮现，反而菊子早已流产的孩子突然出现在他脑海中。他明知道不可能想起早早就被打掉了的胎儿的模样，但信吾脑海中却浮现出一个可爱小生命的典型形象。

这孩子未能出生，难道不是信吾间接的杀人行为吗？

连续几天，令人厌烦的潮湿天气把信吾的老花镜都变得模糊不清。信吾只觉得右胸部沉重极了。

梅雨天暂时放晴，阳光骤然照射下来。

“去年夏天，家里种满了向日葵的那家人，今年又种了什么花呢？好像是开白花的西洋菊。像是事先商量好似的，四五家都种着同样的花，真有趣，去年可都是一片向日葵。”信吾一边穿裤子一边说。

菊子手里拿着外套，站在他面前。

“是不是因为向日葵去年被暴风雨吹倒折断了？”

“可能是吧。菊子，最近是不是长高了？”

“是的，长高了。自从来咱们家后，我慢慢地长高了一点，这段时间又突然长高了。修一也很惊讶。”

“什么时候的事？”

菊子脸上顿时泛起一片红潮，她绕到信吾身后，把外套披在他身上。

“我觉得你长高了不少，绝不仅仅因为穿了和服的原因。嫁过来这么多年，个子还在长，真不错。”

“可能我发育晚，长得还不够。”

“哪儿的话，不是很可爱吗？”信吾这么一说，心里觉得她的可爱让人心动。菊子长高了不少，或许修一拥抱她时都能察觉到吧。

失去的那个孩子的生命，仿佛还在菊子身上延续，信吾边想边走出家门。

里子蹲在路边，望着附近的女孩子们玩过家家。

她们用鲍鱼壳和八角金盘的绿叶做器皿，把精心切好的草盛放其上，信吾感慨于孩子们的智慧，忍不住停下了脚步。

她们还把西番莲和延命菊的花瓣切碎，混在一起增添色彩。她们铺上草席，玛格丽特菊的影子浓重地投射在席子上。

“对了，就是玛格丽特菊。”信吾想起来了。

三四户人家并排种植了玛格丽特菊，替代了去年种的向日葵。

里子年纪尚小，似乎没有被允许加入她们的游戏。

信吾刚走出几步，里子便追了上来：“外公！”

信吾牵着外孙女的手走到通向大路的街角。

里子跑回家的身影，充满了夏日的气息。

公司的办公室里，夏子伸出白皙的手臂，正在擦拭窗户玻璃。

信吾随口问：“今天早上的报纸你看了吗？”

“嗯。”夏子反应有些迟钝地回答。

“说到报纸，我都忘了是哪份了……有什么来着？”

“您是说报纸的事吗？”

“我忘了是在哪份报纸上看到的，哈佛大学和波士顿大学的社会科学家们，向上千名女秘书发放了问卷调查，问最让她们感到快乐的事情是什么，结果大家异口同声地回答说，是有人在身边时自己被称赞。看来，不论东西方，女孩都是这样的吧。你觉得呢？”

“哎呀，难道不觉得害羞吗？”

“害羞和快乐往往是一回事。就像当被男人追求时，不也是这样吗？”

夏子低下头，没有回答。信吾心里想着，在现在这个年代，她这样的女孩子真是少见啊，接着说："谷崎就是这种类型。当初要是多在公众场合称赞她就好了。"

"刚才，大约是八点半的时候，谷崎来过。"夏子笨拙地说了一句。

"是吗？然后呢？"

"她说中午还会再来。"

信吾有一种不祥的预感。他连午饭都没吃，一直在办公室里等待着。

英子推开门站在那儿，屏住呼吸，看着信吾，似乎快要哭出来了。

"呦，今天没带花来吗？"信吾掩饰着内心的不安说。

英子朝信吾走来，神情严肃，仿佛在指责他的不认真。

"又要把人支开吗？"

然而，夏子在午休时出去了，办公室里只剩下信吾一个人。

听说修一的情人怀孕了，信吾震惊不已。

"我告诉她，不可以把孩子生下来。"英子的薄唇微微颤抖着说，"昨天，我在回家的路上拉住了绢子，这么跟她说的。"

"嗯。"

"难道不是吗？这也太过分了。"

信吾无言以对，脸色阴沉。

英子显然是在把菊子和修一的情人绢子联系在一起了。

修一的妻子菊子和情人绢子接连怀孕。虽然在社会上这样的事情并不是没有，但信吾从未想过会发生在自己的儿子身上。更何况，菊子已经选择了堕胎。

（三）

“你能去看看修一在不在吗？如果在的话，让他来一下……”

“好的。”

英子拿出一面小镜子，似乎犹豫了一下：“我这副样子有点奇怪，怪不好意思的。而且，我是来告状的，绢子小姐大概也知道了吧。”

“哦，是这样啊。”

“为了这件事，哪怕辞职也无所谓……”

“不用。”

信吾用办公桌上的电话询问。他不愿意在还有其他员工的办公室里和修一见面。结果，修一不在。

信吾便带着英子去附近的一家西餐厅，离开了公司。身形娇小的英子紧跟着信吾，抬头看着信吾的脸色，轻声地说：“您还记得我在您办公室工作时，您带我去跳舞那次吗？”

“嗯，当时你头上系了一条白色的丝带。”

“不是的。”英子摇摇头，“扎白色丝带是那场暴风雨后的第二天，那天你第一次问我绢子的事情，搞得我特别为难，所以记得很清楚。”

“是吗？”

信吾想起来，的确那时听英子提到绢子的沙哑嗓音很性感。

“那是去年九月吧。从那以后，为了修一的事，也给你带来了不少困扰。”

信吾没有戴帽子就出来了，烈日当空，晒得头皮滚烫。

“我没帮上什么忙。”

“那是因为我没能让你充分发挥作用，我们这一家可真该惭愧啊。”

“我很尊敬您。辞职后，反而更加怀念您了。”英子用奇怪的语气说了一句，沉默片刻又说，“我告诉她，你不可以生下来。绢子小姐的态度很傲慢，说：‘这跟你没关系，你又懂什么，不要多管闲事。’最后还说，这是她自己肚子的事……”

“哦。”

“她还说：‘是谁让你来说这些奇怪的话的？如果让修一和我分手，除非修一离开我，我也只能分手。但孩子我可以一个人生下来，谁也不能把我怎么样。如果问孩子生下来好不好，有本事你就问问肚子里的孩子吧……’”英子继续说，语气中夹杂着一丝愤怒，“绢子小姐觉得我年轻，嘲笑我。可她自己却又说不要嘲笑别人。绢子说不定真的打算把孩子生下来。仔细想想，她和战死的丈夫并没有孩子。”

“嗯……”信吾边走边点头。

“说不定只是因为我多管闲事说了那样的话，可能她根本不会生下来。”

“她怀孕多久了？”

“四个月了。我之前没注意到，但店里的人都知道……听说老板也知道这件事，劝她最好不要生。绢子很能干，要是因为这个把工作丢了，肯定挺可惜的。”

英子一只手托着脸颊说：“我不太懂。只是提前告诉您，或许可以和修一商量……”

“嗯。”

“我觉得您早点见见绢子小姐比较好。”

信吾也在考虑这个问题，但被英子说了出来。

“那个……之前来公司找过你的女人，她还和绢子住在一起吗？”

“您说的是池田小姐吧？”

“对。她和绢子哪个年纪大？”

“我记得绢子比她小两三岁。”

吃过饭后，英子一直陪信吾走到公司门口，脸上挂着似要哭出来的笑容。

“我就此告辞了。”

“谢谢。你接下来要回店里去吗？”

“是的。绢子最近一般都早早地回去，她会待到六点半下班。”

“我也不能去店里啊。”

英子似乎在催促信吾今天就去见绢子，但信吾却心情沉重。

即便回到镰仓家里，他也不忍心看到菊子的脸。

因为修一有情人，菊子连怀孕都觉得窝火，出于这种洁癖，她才没把孩子生下来，可是做梦也没想到，这个情人竟然怀孕了。

信吾知道菊子做了人工流产后回娘家住了一阵，回来后修一与菊子的关系似乎变得亲密了，修一每天早早回家，还很照顾菊子的样子，但这到底是怎么一回事呢？

如果从善意的角度解读，也许是绢子打算生孩子，修一因此受到折磨，所以才远离绢子，以此向菊子表达歉意。

然而，信吾脑海中弥漫着一种不堪的堕落和违背道德的腐臭气息。

究竟这种情感源于何处，连胎儿的生命都让人觉得像是魔鬼一般。

“要是生下来，那就是我的孙子了啊。”信吾自言自语道。

蚊群

（一）

信吾沿着本乡道大学那一侧旁走了一段。

他是从商店那一侧下车的，要去绢子家住的巷子的话，自然也是从这一侧进去，但他特意穿过了电车道走到对面。

要去儿子的情人家，信吾心情沉重，犹豫不决。面对怀孕的她，第一次见面就要求她不要生下孩子，这种话信吾能说得出口吗？

“岂不是又要杀人了？可不要弄脏我这把老骨头的手啊。”信吾自言自语道。

“然而，问题的解决办法无一例外都是残酷的。”

按理说，解决问题应该是儿子该做的事情，父母不该干涉。信吾在没有告诉修一的情况下，决定去绢子家看看，这似乎也成了他不再信任修一的证明。

信吾惊讶地意识到，不知从何时起，自己和儿子之间已经出现了意想不到的隔阂。之所以去绢子家，与其说是替修一来解决问题，不如说是因为怜悯菊子，为她打抱不平。

只有大学树丛的树梢上还残留着绚烂的夕阳，人行道则笼罩在阴影之中。穿着白衬衫和长裤的男学生与女学生坐在校园的草地上，确实是梅雨天难得放晴的闲适。

信吾摸了摸自己的脸颊，酒意已然消退。

离绢子下班还有一段时间，信吾便约了其他公司的朋友，去西餐厅吃了晚饭。由于是许久未见的朋友，不由得就喝起酒来。去二楼餐厅前，他们在楼下的酒吧里就喝起来了，信吾也稍微陪了几杯。后来他们又回到酒吧坐了一会儿。

“怎么，这就要回去了？”朋友有些困惑，他似乎本以为他们好久不见，终于能好好聊聊，还说事前给筑地某个地方打了个电话。

信吾说自己大约一个小时后要去见个人，于是离开了酒吧，朋友把名片递给他，上面写着自己筑地家里的地址和电话，可信吾并没有打算去。

信吾沿着大学的围墙走，寻找着去对面巷子的入口。虽然记得不太清楚，但他并没有走错。走进朝北的昏暗的大门，破旧的鞋柜上放着一盆不知名的西洋花盆栽，旁边挂着一把女式折叠伞。

从厨房走出一位系着围裙的女人。

“哎呀。”她板起脸，脱下了围裙。她穿着深蓝色的裙子，光着脚。

“您是池田小姐吧？您之前到公司来过……”信吾说。

“是的。那次是英子小姐拉着我去的，打扰您了。”

池田一手握着折叠起来的围裙，跪坐下来看着信吾，似乎在问他有什么事。她的眼角有些雀斑，可能因为没有化妆，雀斑显得格外明显。鼻梁纤细，单眼皮，皮肤白皙，容貌端庄。

她的新衬衫可能是绢子缝制的。

“其实我是想来见一见绢子小姐的。”信吾用近乎恳求的语气说。

“是吗？她还没回来，但应该快了。请进来吧。”

厨房里传来煮鱼的香味。

信吾觉得或许等绢子回家、吃完晚饭后再来会更合适，但在池田的邀请下，他还是被带到了客厅。

八铺席宽的房间里堆满了时装书籍，还有很多国外的流行杂志。杂志旁边立着两个法国假人模特儿，那些装饰风格的衣服颜色与古老陈旧的墙壁显得格格不入。缝纫机上垂挂着一块未缝好的丝绸，这鲜艳的花纹也让榻榻米显得越发破旧了。

缝纫机左侧的小桌子上放着小学的课本，桌上还摆着一个男孩的照片。

缝纫机和桌子之间有一面梳妆台，后面的壁橱前则放着一面大穿衣镜，这面大镜子格外醒目。绢子可能会在镜子前试穿自己做的衣服，或者是接点副业，给顾客试衣用的。镜子旁边还放着一个大的熨斗台。

池田从厨房端来了一杯橙汁。她注意到信吾在看孩子的照片，便坦率地说："这是我的孩子。"

"是吗？上学了吗？"

"没有，孩子在我丈夫家里。我把他留在那里了。至于这些书……我不像绢子小姐那样有固定工作，所以只是做做家庭教师之类的活儿，在六七户人家里做呢。"

"原来如此。要是只是一个孩子的教科书，数量可太多了。"

"嗯，因为我教的是不同年级的孩子……现在的小学和战前差别很大，我也不太会教，但和孩子们一起学习，有时感觉就像和自己的孩子在一起。"

信吾只是点头，对战后失去丈夫的遗孀，他也不知道该说些什么。

绢子也在工作呢。

“您是怎么知道我家的？”池田问，“是修一说的吗？”

“不是，我之前来过一次。那次虽然来了，却没有进屋。大概是去年秋天。”

“哦，去年秋天？”

池田抬头看了信吾一眼，随即又垂下眼帘，沉默片刻后，冷淡地说：“修一最近没来。”

信吾心想，今天的来意，是不是应该告诉池田呢。

“听说绢子小姐怀孕了。”

池田猛地耸了耸肩，目光转向自己孩子的照片。

“她打算生下来吗？”

池田一直在看着照片。

“这个嘛，您最好直接和绢子小姐谈。”

“确实应该如此，不过这样一来，母亲和孩子都会不幸的。”

“无论有没有孩子，要说绢子小姐不幸，那她确实是不幸的。”

“但是，您也劝过她和修一分手，是吧？”

“嗯，因为我也是这么认为的……”池田说，“绢子小姐比我更优秀，这不是意见。虽然我和她的性格差别很大，但我们很合得来。自从在‘未亡人协会’相识后，我们便开始一起生活，绢子给了我很多支持和鼓励。我们两个都离开了婆家，也没有回娘家，算是自由之身。我们俩约定好了要自由地生活，我把丈夫的照片什么的都放进了箱子里，孩子的照片倒是拿了出来……绢子小姐不停地阅读美国杂志，看法国的杂志时也会查字典，她说因为全是有关服装设计的内容，就算懂的语言不多，也能大致理解。她迟早会开一家自己的店铺。我们还说过，如果有机会就再婚，但我不明白，为什么她仍然和修一纠缠不清。”

“就算懂的语言不多”，池田即刻站起来走了过去。信吾听到了她的声音：“你回来了，尾形先生的父亲来了。”

“找我的吗？”一个沙哑的声音问道。

（二）

传来了水龙头的声音，绢子似乎是去厨房喝水了。

“池田，你也留在这儿吧。”绢子回头说，随后走进了客厅。

她穿着华丽的套装，可能由于身材高大，信吾并没看出她怀有身孕。信吾无法想象从她那两片薄薄的嘴唇怎么会发出沙哑的声音。

梳妆台放在客厅，所以她似乎用随身携带的粉饼简单化了妆才过来的。

信吾对她的第一印象并不差，她那面中略带凹陷的圆形脸并不像池田所说的那样显得意志坚强，手指也胖乎乎的。

“我是尾形。”信吾说。

绢子没有回应。

池田也过来了，在小桌子边面对信吾坐了下来，说：“客人等了一段时间了。”但绢子依然沉默不语。

绢子明亮的脸庞上没有流露出明显的反感或困惑，反而看上去像是有些想哭的样子。信吾想起修一在这里喝醉后，让池田唱歌，结果绢子为此流泪的场景。

绢子似是匆忙从闷热的街上赶回来的，脸上泛着红晕，丰满的胸部随着呼吸起伏。

信吾没法生硬地开口，便说：“我来见你，确实有些奇怪。不过，即使不来见你……我要说的话，你大概也能猜得到。”

绢子依然没有回应。

“当然，是关于修一的事。”

“要是关于修一的事，那我没有什么好说的。你是想让我道歉吗？”绢子突然发难。

“不是。应该是我向你道歉才对。”

“我和修一已经分手了，再也不会给你们家添麻烦了。”她转向池田，“这样就行了吧？”

信吾犹豫了一下，说道：“但孩子的事还没有解决吧？”

绢子脸色骤然变得苍白，但她像是使尽全身力气似的，低沉地说：“这是什么话，我不明白。”声音更加沙哑。

“冒昧问一句，你是不是怀孕了？”

“这种事我就一定得回答吗？一个女人想要孩子，凭什么要被别人横加阻拦呢？你们男人又怎么懂呢？”

绢子急促地说，眼中已噙满了泪水。

“你说被别人横加阻拦，可我是修一的父亲啊，你肚子里的孩子，也应该有父亲。”

“没有。作为战后遗孀，我已经决定生下这个私生子了。我别无所求，只请您让我把孩子生下来。您发发慈悲，放过我吧，这个孩子在我肚子里，是属于我的。”

“话是这么说，但如果你以后再婚，还会有孩子的……何必非要生下这个不合常理的孩子呢。”

“哪里不合常理了？”

“这个嘛……”

“我将来未必会结婚，也不一定会有孩子。您是能像神明一样预言吗？之前我就没有孩子啊。”

“我说的是孩子父亲的问题，无论是对你还是对这孩子，都会带来痛苦。”

“有很多战死的人留下的孩子，他们的母亲都在承受痛苦呢。男人在战争中去了南方，甚至留下了混血儿，您就当成这样吧。男人们早已忘记了那些孩子，而女人们却要抚养他们。”

“我是说修一的孩子。”

“只要不打扰你们不就可以了吗？我发誓绝对不会依赖你们。我已经和修一分手了。”

“也不是这么回事，孩子的未来是漫长的，父子之间的缘分即使断开也会重新建立的。”

“不，这不是修一的孩子。”

“你应该知道，修一的妻子没有生孩子的事吧？”

“她随时都可以生。若是不生，以后肯定会后悔的。养尊处优的太太根本无法理解我的心情。”

“你也无法理解菊子的心情。”

信吾不经意间说出了菊子的名字。

“是修一让您来见我的吗？”绢子像是在质问般地说道，“修一让我不要生下这个孩子，对我又打又踢，还想把我拖去医院，甚至把我从二楼拉下来。他这种暴力行为，就算是演戏，他对自己妻子该尽的义务也已经尽到了吧？”

信吾面露苦涩。

“你知道的吧？那么可怕。”绢子转向池田，池田点了点头。

“绢子从现在起就把那些裁剪西服剩下的边角料存起来，估计足够给孩子做裤子和尿布的了。”池田对信吾说。

“他用脚踢了我，我担心肚子里的孩子，就去看了医生。”绢子继续说，“我告诉修一，这不是他的孩子。他不是孩子的父亲。于是我们就分手了，他不会再来了。”

“这么说，是别人的孩子？”

“是的。您要是这么理解，那也没关系。”

绢子抬起头，她早已泪流满面，新的泪水又顺着脸颊流淌下来。

信吾心乱如麻，此刻绢子在他眼中格外美丽。仔细看她的五官，虽然并非十分标致，但给人的整体印象却是个美人。

然而，绢子这位女性，尽管外表柔和温顺，实际上让信吾难以靠近。

（三）

信吾垂头丧气地离开了绢子的家。绢子收下了信吾给她的支票。

“如果你真的和修一已经分开，那也许收下会更好。”池田淡淡地说，绢子也点了点头。

“是吗？这算是分手补偿金吧？我都到了收分手补偿金的地步了呢，要写收据吗？”

信吾拦了一辆出租车，他无法判断：是该让修一和绢子和解，然后带绢子去做人工流产呢？还是该就这样让他们断绝关系呢？

绢子似乎对修一的态度和信吾的来访都感到愤怒，心情十分激动。然而，女人渴望孩子的那种悲切的愿望也异常强烈。

再让修一和绢子接近也很危险，但是，就这样不管的话，她就会把孩子生下来。

倘若如绢子所说的，孩子是别人的倒也罢了，可就连修一也不清楚这到底是怎么回事。如果绢子是赌气才这样说，修一又轻易相信了，而且没有后顾之忧的话，那就太平了，但生下来的孩子却是确凿存在的。在自己死后，仍会有个素未谋面的孙子活着。

“这到底算什么事啊？”信吾自言自语。

自从相原决心同情妇殉情后，信吾便匆忙递交了离婚申请，他收养了女儿和两个外孙女。即便修一和情人分手，他是否还会在其他地方留下其他的孩子呢？两件事都并未得到真正的解决，不过是暂时的敷衍。

自己无能为力，没有帮任何人得到幸福。

回想与绢子那番笨拙的对话，信吾感到无比的懊恼。他本打算从东京站径直回家，可看到口袋里朋友的名片，便让车开往筑地朋友家。他想向朋友倾诉，但朋友正和两位艺伎喝得酩酊大醉，无法交谈。

信吾想起某次宴会归途，在车上他让一位年轻的艺伎坐在他的膝上。这女孩一来，朋友就时不时说些无聊的话，什么不可轻视啦，很有眼力啦，等等。信吾对她的长相已记忆模糊，但对她的名字却依稀记得，这对信吾来说已经是很了不起的事了，她是位可怜而优雅的艺伎。

信吾和她去了一个小房间，但他什么也没有做。

不知不觉中，女孩轻轻地把脸贴在他的胸膛上。信吾起初以为她是在撒娇，结果发现她已经睡着了。

“睡着了吗？”信吾轻声询问，但她紧贴着自己，信吾无法看清她的脸。

信吾微微一笑。她的头靠在他胸口，安静地睡着，信吾感受到了温暖的慰藉。她比菊子年轻四五岁，也就十几岁吧。

这或许是身为娼妓的悲惨命运，但信吾却在年轻女子的依偎下隐约感到一种温柔的幸福。

他不禁想，幸福是否就是这样短暂而虚幻的存在。

信吾也朦朦胧胧地想过，大概性生活中也有贫富与运气好坏的差异，他悄悄抽身离开，决定搭乘末班电车回去。

保子和菊子都在饭厅里等着他，此时已经深夜一点多了。

信吾避开菊子的目光，问："修一呢？"

"他先休息了。"

"是吗？房子也休息了吗？"

"是的。"菊子一边收拾信吾的衣服，一边说，"今天一直到晚上，天气都还不错，但后来又开始阴云密布了。"

"是吗？我没注意到。"

菊子在站起身时，不小心把信吾的衣服弄掉了，她又把裤子的折痕整理好。

信吾注意到，她的头发似乎变短了，可能是去美容院了吧。

听着保子的鼾声，信吾难以入睡，好不容易睡着，又做了个梦。

在梦里，他变成了一位年轻的陆军军官，身穿军服，腰间佩戴着日本刀，还挂着三把手枪。那把刀在修一出征时给他用过，像是祖传之物。

信吾走在夜晚的山路上，身边带着一个樵夫。

"夜里走山路很危险，平时很少有人走。您最好走右边，这样更安全。"樵夫说。

信吾向右边靠了靠，仍感到不安，便打开了手电筒。手电筒的玻璃片四周镶嵌着许多钻石，闪闪发光，比普通的手电筒要亮许多。手电一亮起来，就看见有个黑色物体挡住了去路。两三棵大杉树的树干重叠在一起。仔细一看，那竟是一大团蚊子。蚊群聚集成大树的形状。信吾思考着该怎么办——只好杀出重围了。他拔出日本刀，对着蚊群大砍大杀起来。

信吾猛然回头一看，只见樵夫跌跌撞撞地逃走了。信吾的军服上冒出了火焰，奇怪的是，此时信吾似乎分成了两个人，一个身穿着着火的军服，另一个则在旁边观看。火焰在袖口、肩膀等边缘部位闪烁，似乎并不是真正的燃烧，而像是星星点点的炭火，发出噼啪的声音。

信吾终于回到了自己的家，那里是他童年时在信州乡下的家。他还看到了保子的美丽的姐姐，信吾感到十分疲惫。

逃走的樵夫最终也来到了信吾的家。他一到家就失去了意识昏倒在地。

从樵夫的身体里，涌出了满满一桶蚊子。

信吾不明白这些蚊子是怎么弄进桶里的，但清晰地看到桶里满是蚊子，他瞬间醒了过来。

“是不是蚊帐里进了蚊子？”他试图倾听蚊子的声音，却感到脑袋昏昏沉沉的。

外面下雨了。

蛇卵

（一）

到了初秋，大概是夏日积累的劳顿显现出来了，信吾在回家的电车上时常会打瞌睡。下班时间，横须贺线的电车每十五分钟一班，二等车厢并不拥挤。

此时，他仍处于半梦半醒、迷迷糊糊的状态，脑海中浮现出一排开满花的洋槐树。信吾想起自己曾在九段下到皇居护城河畔的路上经过这片树林。那是八月中旬的一个小雨天，一棵棵金合欢都开着花，唯独其中一棵树的花瓣散落在树下的沥青路面上。这是为什么呢？信吾从车厢里回头看去，对此印象深刻。那是略带绿色的浅黄色小花。即使没有这唯一的一棵树落花，光凭那一排洋槐树开花，大概也会给信吾留下印象吧。因为当时他正在从医院探望一位罹患肝癌的朋友回来的路上。

说是朋友，其实只是大学的同学，平时并没有太多交往。

他看上去已经非常衰弱了，但病房里只有一名陪护的护士。信吾甚至不知道这位朋友的妻子是否还健在。

“你能去见见宫本吗？即使不见，能帮我打个电话，帮我跟他拜托那件事吗？”朋友说。

“什么事？”

“正月同学会上提到的那件。”

信吾立刻想起来，是氰化钾的事。看来这位病人已经知道自己得了癌症。

在他们这群六十多岁的同学中，衰老带来的病痛和对不治之症的恐惧常常成为谈话的主题。因为宫本的工厂里会使用氰化钾，所以当时有人提议，如果谁得了不治之症，就向宫本要这毒药。因为长时间忍受病痛折磨实在太可怜了，而且如果已经被宣告死亡，人们希望能有选择自己死期的自由。

“不过，那只是酒后闲聊，调侃而已。”信吾敷衍地回答。

“我不会用的，我肯定不会用。就像当时说的，我只是想拥有这份自由。一想到只要有了这个，随时都可以行事，就能有力气去面对接下来的痛苦，是吧？我最后的自由，唯一的反抗，就在于此了。但是，我保证不会使用它。”

朋友说着说着，眼睛里渐渐闪烁出几丝光彩。护士在旁边安静地用白毛线编着毛衣，一言不发。

信吾无法向宫本拜托这件事，就这样搁置了下来。但一想到即将死去的病人可能在等待着他，他就感到无比不安。

从医院回家的路上，当他来到那排开满花的金合欢时，心中稍感宽慰。然而，刚才在电车上打瞌睡时，那排金合欢浮现在他的脑海中，恐怕还是因为心里一直放不下那个病人的缘故吧？

然而，信吾还是沉沉睡去了，蓦地醒来时，发现电车停了下来。

这里不是车站。

这边的电车一停下来，旁边轨道上行驶的上行电车的声音就格外响亮，正是这声音将他惊醒。

信吾乘坐的电车时而动，时而停。一群孩子从羊肠小道朝电车的方向跑了过来。有的乘客把头伸出窗外朝前方张望，左侧窗口可以望见工厂的混凝土围墙，围墙与轨道之间有一条污水横流的小沟，一股恶臭飘入车厢。

而右侧窗外则是一条小路，孩子们正朝这边跑来。在路边的青草丛中，一只狗正用鼻子嗅着，久久未动。

小路与轨道的相交处，两三间用旧木板搭建的小屋出现在视野中。从那些方形的窗户里，一位看起来有些痴呆的女孩正朝电车招手，手势缓慢无力。

“十五分钟前出发的电车在鹤见站发生了事故，现在在这里停车。非常抱歉让大家久等了。”乘务员说。

信吾前面的外国人轻轻摇醒了身边的年轻人，用英语问：“他刚才说了什么？”

青年双手环抱住外国人粗壮的手臂，头靠在他的肩上睡着了，虽然睁开了眼睛，却依旧保持着依偎的姿势，撒娇似的仰望着外国人。青年的眼睛微微泛红，眼睑凹陷，头发染成了红色，但发根处已经露出了黑色，看上去是脏兮兮的棕色，发梢部分格外得红。信吾心中暗想，这或许是个专门服务外国人的男妓。

青年将外国人放在膝盖上的手掌翻过来，然后把自己的手轻轻地覆上去，像极了一个感到深深满足的女人。

那外国人穿着一件短袖衬衫，露出毛发如熊一般的手臂。青年虽然并不算矮小，但由于外国人是个彪形大汉，所以他看起来显得有些稚气。外国人腆着肚子，脖子粗壮，连扭头都显得笨拙，而对青年依偎在他身上完全不在意，面容有些可怕。他的面色红润，反衬黯淡无光的青年更显得疲惫不堪。

信吾很难判断外国人的年龄，但看到他光秃的头顶、脖子上的皱纹，以及裸露的手臂上的斑点，信吾猜想此人大概与自己年龄相仿。想到这里，信吾忽然觉得这人宛如一头巨兽，来到别国就是为了征服这个国家的青年似的。青年身穿暗红色衬衫，最上面的一个扣子解开了，露出了胸口。

信吾总觉得这个青年不久就会死去，便不自觉地移开了目光。

在臭气熏天的小沟边，一排排的艾草郁郁葱葱地生长着。电车依旧停着。

（二）

信吾嫌挂蚊帐闷得慌，早就不挂了。

保子每晚都抱怨，像是故意似的不时做出拍打蚊子的样子。

“修一那边还挂着呢。”

“那你就去修一那边睡不就好了？”信吾望着没有蚊帐的天花板说。

“我又不能去修一那边，但从明晚开始，我会去房子那边。”

“是啊，还可以抱着一个外孙女睡。”

“里子明明有妹妹了，为什么还那么黏着母亲呢？里子不会不正常吧？她有时会露出奇怪的眼神。”

信吾没有回答。

“是不是因为没有父亲，所以才变成那样的？”

“要是你能多亲近她一些，说不定会好点。”

“我还是更喜欢国子。”保子说，“你也得让她亲近你啊。”

“从那之后，相原是死是活都没有一点消息。”

“已经递交离婚申请了，应该就没关系了吧？”

“没关系，就是结束了吗？”

“是啊。不过，就算他还活着，也不知道他住在哪儿……算了，就当婚姻失败了，只能死心了。但二人都生了孩子了，却还是离婚了，事情怎么会变成这样呢？如此看来，婚姻也是靠不住的啊。”

“即便是婚姻失败，也应留些美好的情分在。房子也有她不对的地方。相原时运不济，吃了不少苦头，房子对他却没有一点温柔和体谅。”

“男人一旦自暴自弃起来，有时候女人是无法应对的，而且有时候也会有不让女人靠近的一面。如果房子一直被抛弃，还要独自忍耐，房子也许只能选择和孩子同归于尽。男人即使陷入绝境，往往还有其他女人愿意陪他一起死，所以也许并没有彻底被抛弃。”保子又说，“修一现在看似还好，但未来如何谁也不知道。这次的事情似乎对菊子影响很大。”

“是孩子的事吧。”

信吾的话包含双重意义，菊子不愿意生孩子，而绢子却想要生下孩子。保子并不知后者。

绢子反抗说，这不是修一的孩子，生不生，她是不会接受信吾的干预的。尽管信吾对于孩子是否真的是修一的并不确定，但他总觉得绢子是故意这么说的。

“我也许应该去修一那边睡，或许菊子和他两个人又在商量什么可怕的事情。真吓人啊……”

“商量什么可怕的事？”

仰卧的保子朝信吾那边翻了个身，似乎想伸手去握住信吾的手，但信吾没有伸出手来。于是她只是轻轻摸了摸信吾的枕边，低声说：“菊子呢……可能又怀孕了呢。”

“什么？”信吾大吃一惊。

“我觉得有些太快了，但房子是这么说的。”

保子再也做不出像是坦白自己怀孕的神态来了。

“是房子这么说的？”

“是的，确实有点快。”保子重复道，“不过说是再怀的话是会很快的。”

“是菊子还是修一告诉房子的吗？”

“不是的，大概只是房子自己的观察。”

保子用“观察”这个词显得有些奇怪，但信吾觉得，回来的房子竟然把探究的目光投向了弟媳。

“你也叮嘱她，这次要好好保重。”

信吾心头一紧。听到菊子可能怀孕的消息，绢子怀孕的事情也更加强烈地涌上心头。

一个男人同时让两个女人怀孕，这也许未必奇怪。然而，当这件事发生在自己儿子身上时，却伴随着离奇的恐惧。就像是某种复仇或诅咒，这不是地狱的景象吗？

如果仔细想想，这不过是非常自然且健康的生理现象，但此刻信吾无法有这样豁达的心胸。更何况，菊子这是第二次怀孕。菊子上次堕胎时，绢子已怀孕了。现在绢子还没分娩，菊子又再次怀孕。菊子对此毫不知情，而绢子应该已经显怀，也应该能感受到胎动了。

“这次我们都知道了，菊子就不能随心所欲了吧？”

“是啊。”信吾无力地回应，“你也得好好跟菊子说说。”

“菊子生的孙子，您也会觉得可爱吧？”

信吾辗转难眠。

他心中思索着，难道就没有什么暴力手段阻止绢子生孩子吗？越想越烦躁，恶劣的念头也随之浮现。绢子虽然说这孩子不是修一的，但如果调查她的品行，或许还能发现秘密，得到一些宽慰。

庭院中昆虫的鸣叫声传入耳中，已经过了凌晨两点。不是金铃子，也不是金琵琶，而是听不真切的虫鸣声，信吾感到自己仿佛被迫睡在阴暗潮湿的土壤里。

最近信吾总是多梦，黎明时分又做了个长长的梦。他记不清楚梦里走过的路，醒来时，仿佛还能看到梦中的两个白色的卵。那是一片沙地，沙地上除了沙子什么都没有，两只卵并排在那里放着。一个是鸵鸟卵，十分巨大；另一个是蛇卵，很小，卵壳上有些裂缝，一条可爱的小蛇探出头来左顾右盼。信吾觉得这条幼蛇真的很可爱，就注视着它。

然而，他之所以做这样的梦，必然是因为记挂着菊子和绢子的事情。至于哪个是鸵鸟卵，哪个是蛇卵，他当然无从得知。

“哎，蛇是胎生还是卵生呢？”信吾自言自语道。

（三）

第二天是星期天，信吾一直躺在床上，直到九点多还没起来，他觉得双腿无力。

早上回想起梦中的鸵鸟卵和从蛇卵里探出头的小蛇，信吾感到一阵不安。

他神情忧郁地刷完牙，走进了饭厅。

菊子正在把报纸叠好，用绳子捆起来，大概是要卖掉的。

为了保子，菊子把早报和晚报整理得井井有条，按日期顺序放好，这是她的任务。

菊子起身去给信吾泡茶："父亲，有两篇关于两千年前的莲花的报道，您看过吗？我特意单独留出来了。"她边说边把两天的报纸放在茶几上。

"哦，好像看过了。"

尽管如此，信吾还是再次拿起报纸看了看。

先前报纸曾报道过，从弥生时期的古代遗址中发现了约两千年前的莲子，一位莲花博士培育出了芽，花也开了。之前信吾把这篇报道拿到菊子的房间去给她看过，那是菊子刚从医院做完人工流产回来躺在被窝里休息的时候。

之后又刊登了两篇关于莲花的报道。其中一篇提到莲花博士把那些莲花的根茎分出来，送到母校东京大学的“三四郎”池塘里种植。另一篇则是美国的新闻，提到东北大学的某位博士在伪满洲的泥炭层中发现了已变成化石的莲子，并将其寄往美国。在华盛顿的国家公园中，剥去莲子的外壳后，将其用浸湿的脱脂棉包好，放入玻璃容器中。去年，这些种子发出了新芽。

今年，这些莲花被移植到池塘里，长出两个花苞，开出了淡粉色的花。公园管理处宣称这些莲子来自上千年乃至五万年前。

“上次看的时候，我就这么觉得。如果真的说有上千年乃至五万年，那么这计算的时间跨度也太长了。”信吾笑着说，再一次仔细阅读，发现报道中说日本的那位博士根据莲子的发现地伪满洲的地层情况，推测这些是约数万年前的莲子，而美国则通过对莲子剥下来的外壳使用碳 14 放射性测定，推测其大约为千年前的种子。

这是来自华盛顿的特派员的报道。

“可以处理掉吗？”菊子拾起放在信吾旁边的报纸，似乎是在问能否把有莲子报道的报纸卖掉。

信吾点了点头：“无论是上千年还是五万年，都说明莲子的生命是漫长的。与人类的寿命相比，植物的种子几乎拥有永恒的生命。”他看着菊子说。

“要是我们也可以在地下埋上一千年、两千年而不死，只是休息，就好了。”

“埋在地下什么的……”菊子自言自语似的说。

“不是墓地。不是死去，而是休息。真希望能有办法埋在地下好好休眠啊。说不定过了五万年醒来时，自己的困难也好，社会的问题也罢，也许都已经得到彻底解决了，世界或许都变成乐园了呢。”

这时，房子在厨房里给孩子喂东西，她喊道："菊子，父亲的饭好了，请您看一下。"

"好的。"菊子站起身，给信吾端来了早餐。

"大家都吃完了，就剩您一个人了。"

"是吗，修一呢？"

"去钓鱼池了。"

"保子呢？"

"在庭院里。"

"哦，那今早就不吃鸡蛋了吧。"信吾说着，把装着生鸡蛋的小碗递给菊子。他想起梦中的蛇卵，心里觉得不舒服，就不愿吃鸡蛋了。

房子把烤好的鲽鱼干端了上来，放在茶几上，又回到孩子那边去了。

菊子递过来盛了饭的饭碗，信吾开门见山地低声问道："菊子，你要生孩子了吗？"

"没有。"菊子脱口而出，似乎对这个突如其来的问题感到惊讶，"没有，绝对没有。"她摇摇头。

"没有吗？"

"嗯。"菊子疑惑地看着信吾，脸上泛起了红晕。

"这次可要多加保重啊。上次我和修一聊过，我问他你能保证以后还会有孩子吗？修一轻松地答应了。我跟他讲，这种话就是对上天的不敬。毕竟人连自己明天的性命都无法真正保证，不是吗？无论如何，这肯定是修一和你的孩子，是我们的孙子，菊子一定会生个好孩子的。"

“对不起。”菊子低下头。

从菊子的表现来看，不像是在隐瞒怀孕的事。

为什么房子说菊子像是怀孕了呢？信吾不禁怀疑是不是房子的猜测太过分了。总还不至于房子已经察觉了，而当事人菊子却还没察觉到的情况吧？

担心房子是否听到了刚才的对话，信吾转头看了看，不过房子好像带着孩子出去了。

“修一以前从来没有去过钓鱼池之类的地方吧？”

“是的，他甚至都没跟朋友说起过钓鱼池的事情呢。”菊子回答，但信吾暗想，修一真的和绢子分手了吗？

毕竟星期天修一也可能去见情人。

“要不要稍后去钓鱼池看看？”信吾邀请菊子。

“好的。”

当信吾走到庭院时，保子正抬头望着樱花树。

“怎么了？”

“没什么，樱花树的叶子大部分都掉光了，可能有虫子了吧。我刚觉得夜蝉还在这棵樱花树上鸣叫呢，没想到叶子已经没了。”

就在她说话的时候，枯黄的叶子还在不停地飘落。没有风，叶子也不打旋，就直直地落了下来。

“听说修一去了钓鱼池？我打算带菊子去看看。”

“去钓鱼池吗？”保子转过身。

“我问过菊子，她说没有那回事，可能是房子误会了。”

“是吗？你问她了？”保子心不在焉地问，“真让人失望啊！”

“房子为什么会那样胡思乱想呢？”

“为什么？”

“这是我问你的。”

二人回来时，菊子穿着白色的毛衣，袜子也穿好了，正在饭厅等着。

她略施粉黛，显得活泼可爱。

（四）

电车车窗上突然映出一抹红色的花，竟是曼珠沙华。它在铁轨旁的土坡上盛开，电车经过时，花儿也在微微摇曳，看起来近在眼前。

信吾凝望着在户塚的樱花林堤岸上盛开的曼珠沙华，花朵刚刚吐出花苞，鲜艳的红色格外明亮。

那红色的花朵让人联想到秋日田野恬静的清晨。

新长出的芒草穗也隐约可见。

信吾脱下右脚的鞋，将右腿抬到左膝上，揉搓着脚掌。

“怎么了？”修一问。

“没什么，只是最近有些乏力。爬车站的楼梯时就感觉腿脚发酸。今年身体有些虚弱，像是生命力消退的感觉。”

“菊子说您太累了，她很担心。”

“是吗？因为我曾说过想在土里休息五万年吧。”

修一用诧异的眼神看着信吾。

“这还得从莲子的事说起，报纸上刊登了远古时期的莲子发芽开花的新闻，你也看过吧？”

“啊？”修一点燃了一支烟，说，“听说您问菊子是否怀孕了，菊子有点难为情呢。”

“究竟怎么样呢？”

“还没有吧。”

“说起这个，绢子怀的孩子怎么样了？”

修一愣了一下，有些抵触地反驳说：“听说您见过她，还给了她分手补偿金，根本不需要这么做。”

“你是什么时候听说的？”

“间接听说的。我和她已经分手了。”

“那孩子是你的孩子吗？”

“不是，绢子一口咬定说不是……”

“无论她怎么说，这难道不是关乎你的良心的问题吗？你究竟怎么想的？”信吾的声音颤抖。

“良心？我可不懂。”

“什么？”

“即使我一个人痛苦，女人那种疯狂般的决心，我也实在没办法。”

“她的痛苦比你更甚，菊子也是如此。”

“但是分手后，我开始觉得，绢子依然是绢子，她会一直自由自在地活下去的。”

“这样就好了吗？你真的不想知道孩子是不是自己的？还是你内心已然晓得了？”

修一沉默不语，不断眨动着他那双在男性看来都格外漂亮的带有双眼皮的眼睛。

信吾的办公桌上有一张黑框明信片，那是他得了肝癌的朋友的讣告，他是因衰弱而死亡的，信吾觉得他的去世过于早了。

是不是有人给了他毒药？或许他不是仅仅拜托了信吾一个人，

又或许他是以其他方式自杀的。

另一封信是来自谷崎英子，告知他从过去的裁缝店转到另一家店了。信中还写道：绢子在英子离开后不久也辞职了，搬到了沼津。听说绢子曾跟英子说过，她觉得在东京生活太难了，打算在沼津开一家小店。

虽然英子没有明说，但信吾猜测绢子可能打算在沼津悄悄生下孩子。

难道正如修一所说，绢子已经与修一和信吾毫无关系，成了一个自由自在活下去的人吗？

信吾透过窗户看着明亮的阳光，陷入了沉思。

与绢子同住的那个叫池田的女人，不知道现在怎么样了。

信吾很想去见见池田或英子，打听一下绢子的消息。

下午，他去参加了朋友的追悼会，才得知朋友的妻子早在七年前就去世了。朋友与他的大儿子一家同住，家里有五个孙子。友人的长子和孙子们似乎都与已故的朋友毫无相似之处。

信吾心中怀疑朋友是自杀的，当然这并不是他该问的事情。灵柩前摆放的花，以盛开的美丽菊花居多。

回到公司，信吾正翻看夏子送来的文件，突然接到了菊子的电话。他心中一紧，以为发生了什么事。

“菊子？你在哪里？在东京吗？”

“是的，回娘家了。”菊子开朗地笑着说，“母亲说有些事情要商量，所以我就回来了，我回去一看，什么事都没有。她只是觉得寂寞，想见见我。”

“是这样吗？”

信吾心中涌起一股暖流，或许是因为菊子的声音如少女般清脆动听，不过好像又不仅仅因为这个缘故。

“父亲，您快要下班回来了吧？”

“是的，你们那边大家都还好吗？”

“都很好。我想和您一起回去，所以给您打了电话。”

“哦，菊子，你可以多待几天，我会跟修一说的。”

“不，我已经准备回去了。”

“那你顺便来公司就好了。”

“真的可以吗？我本来想在车站等您的。”

“你来这边就好。我联系修一，我们三个人一起吃完饭再回去也不错。”

“听说现在不论去哪儿，都不容易找到空座位。”

“是吗？”

“我现在就可以去，已经准备好出门了。”

信吾感到连眼皮都是温暖的，窗外的街道也突然变得清晰明朗了。

秋鱼

（一）

十月的一天早晨，信吾刚要系领带，手一下子停住了，

“嗯？嗯……”

他停下手歇了歇，脸上露出困惑的神情。

“怎么回事？”

他将快要系好的领带解开，想再试一次，但怎么也系不上。

信吾把领带两端拉起来，举到胸前，歪头看着。

“您怎么了？”

菊子站在信吾的斜后方，准备给他穿外套，这时绕到了他的面前。

“领带系不上了，忘了怎么系了，真奇怪。”

信吾笨拙地慢慢把领带缠在手指上，想把另一端穿过去，但领带却意外地缠在一起变成了一团，他那副样子好像想说“真奇怪啊”，但眼中的阴暗恐惧和绝望把菊子吓了一跳。

“父亲。”她喊了一声。

“该怎么系来着？”

信吾看起来连努力去回想的力气都没有了，呆呆地站着，菊子看不过去，便将信吾的外套搭在一只手臂上，走上前来。

“怎么系好呢？”

菊子拿着领带犹豫着怎么系才好，她的手指在信吾的老花眼里变得朦胧了。

“我居然全忘了。”

“父亲每天都是自己系领带的呀！”

“是啊。”

在公司工作了四十年，每天都熟练地把领带系上，为什么今早却突然不会系了呢？按理来说，不需要刻意想着，手就会自然而然地动起来，轻松地把领带系上。

信吾突然有点害怕，难道这就是自我能力的丧失，或身体机能的衰退吗？

“虽然我每天都看着您系领带，可是……”菊子一副认真的表情，不停地给信吾系领带，时而绕过来，时而又拉直。

信吾任由菊子摆布，就像小孩在寂寞时寻求安慰的情绪涌上心头，菊子的发香弥漫在空气中。

菊子突然停下手，脸上泛起红晕。

“我系不好呢。”

“修一的呢？你没有帮他系过吗？”

“没有。”

“只是在他喝醉回来的时候替他解开过？”

菊子稍稍后退一点，神情紧绷地凝视着信吾耷拉着的领带。

“母亲或许会。”她喘了口气，高声呼喊，“母亲，母亲。父亲说他系不好领带……您能来一下吗？”

“又怎么了？”保子露出一副傻乎乎的表情走了出来。

“你自己系就好了。”保子对信吾说。

“父亲说他忘了怎么系。”

“估计是一时间突然忘掉了吧，真奇怪。”

“确实奇怪。”

菊子侧身让开，保子走到信吾面前。

“好吧，我也不太会系，可能忘了。”保子一边说，一边用拿着领带的手轻轻抬起信吾的下巴。信吾闭上了眼睛。

保子在努力地帮他系上。

信吾仰着头，或许是压迫到了后脑勺，突然感到一阵眩晕，眼前闪现出金色的雪花。恍如夕阳映照下的大雪崩的幻影，似乎还听到了轰隆隆的声音。

莫非发生了脑出血？信吾惊慌地睁开了眼睛。

菊子屏住呼吸，正在紧张地注视着保子的手法。

那是信吾在故乡的山中见过的雪崩幻影。

“这样可以了吗？”保子问。终于系好了领带，又调整了形状。

信吾也用手摸了摸，触碰到了保子的手指。

“啊。”

信吾想起来了，大学毕业后第一次穿西装时，正是保子美丽的姐姐帮他系的领带。

信吾似是有意避开保子和菊子的目光，侧身朝向衣柜的镜子。

“看起来不错。哎呀，我真是老糊涂了。突然不会系领带了，想想真是让人害怕。”

从保子会系领带这点来看，新婚时可能也让保子帮他系过，但信吾却记不起来了。

姐姐去世后，保子去帮忙时，是不是也给那位英俊的姐夫系过领带呢？

菊子穿上木屐，满怀担忧地送信吾到门口。

“今晚呢？”

“没有会，我会早点回来。”

“请您早点回来啊。”

在大船附近，电车窗外映出晴朗秋日下的富士山。信吾检查了一下领带，发现左右反了。大概是保子面对着信吾系的领带，左边被拉得太长，所以左右搞错了。

“什么呀。”

信吾解开领带，毫不费劲地重新系上了。

刚才忘了怎么系的事情就像是一场梦。

（二）

最近，修一和信吾一起回家的日子逐渐增多。

横须贺线每三十分钟一班，到了傍晚则是每隔十五分钟一班，有时车上反而空荡荡的。

在东京站，信吾和修一并排坐在一起，前面座位上坐着一位年轻的女性。

“麻烦您看一下。”她对修一说，把红色手提包放在座位上，就站了起来。

“两个人吗？”

“嗯。”

年轻女子的回答十分暧昧，略施粉黛的脸上并没有泛红，她转身便朝月台走去。她身穿带垫肩的瘦长的蓝大衣，线条从肩流泻而下，显得柔和而优雅。

修一突然问她是不是两个人的座位，信吾对此印象深刻，觉得他很是机智。他是怎么知道这位女士是在等约定的人呢？

修一说完之后，信吾也意识到，女子肯定是去找她的伴侣了。

不过话说回来，她原本坐在靠窗边的信吾的前面，为什么会向修一搭话呢？或许是因为她站起身的瞬间是朝向修一的，也或许是修一似乎更容易接近。

信吾默默注视着修一的侧脸。修一正在看晚报。

不久，那位年轻女子回到了车厢，抓着开着的门的入口扶手，再次四处张望。她好像没有找到约定的人。女人回到座位上，她身穿的淡色外套从肩向下轻轻摇曳，胸前有一颗大扣子。口袋的位置设计得很低，女子一只手插在口袋里，轻快地走着。大衣的独特剪裁恰如其分地衬托出她的身形。

与刚才离去之前不同，这次她坐到了修一前面。她回头看了三次入口，可能是因为靠近通道的座位更容易看到进出的人。

信吾面前的座位上放着那位女子的手提包，包呈椭圆的筒形，宽口金属扣。

她耳朵上的钻石耳环虽然是仿制的，但闪闪发光。女子的脸庞轮廓分明，鼻子高挺，格外突出。她的嘴小巧美丽，浓密的眉毛略微上扬，短短的眉梢未曾延续到眼角。双眼皮很美，却在眼尾处就消失了。下巴线条分明，确实是一个美人。

她的眼神透露着些许疲惫，让人难以判断她的真实年龄。

入口处传来一阵喧嚣，年轻女子与信吾都朝那边看去，只见五六个男士抬着一大枝枫树的枝条走了进来，他们似乎刚结束旅行，兴高采烈的样子。

信吾心想：从红枫叶的颜色来看，这无疑来自寒冷的地方。

从男人们大声的议论声中，信吾才知道是越后内地的枫叶。

“信州的枫叶大概也长得很美了。”信吾对修一说。

然而，信吾想起的，与其说是故乡山中枫叶的景象，不如说是保子姐姐去世时，佛堂里那盆大的红枫盆栽。

那时修一当然还没有出生。

电车车厢里染上了季节的色彩，信吾静静地注视着座位上的枫叶。

不经意回过神来，他发现年轻女子的父亲已经坐在他面前。难道她一直在等父亲？信吾不由得放下心来。

父亲和女儿一样，都长着高挺的鼻子，把二人的鼻子并排放在一起，不免有些滑稽。二人发际线也极为相似。父亲戴着黑框眼镜。

父亲和女儿看起来都很冷漠，既不说话，也不看对方。父亲在电车行驶到品川前就已经睡着了，女儿也闭上了眼睛，感觉二人连睫毛也是酷似的。

修一与信吾显然没有这般相似。

信吾暗自期待父女间能有一句交谈，同时又对他们的冷漠感到一丝羡慕。

或许他们的家庭生活很平和吧。

因此，当年轻女子在横滨站下车时，信吾十分惊讶。原来他们根本不是父女，只是素不相识的陌生人。信吾感到失落与无奈。

旁边的男人眯缝着眼睛看了看是不是已经驶出横滨站，便懒散地继续打盹儿。

年轻女子离开后，信吾突然觉得那中年男人真是邋遢。

（三）

信吾用肘轻轻推了推修一，小声说：“原来他们不是父女啊。”

修一的反应并没有信吾期待般那么强烈。

“你看到了吗？没看到吗？”

修一只是“嗯”地应了一声，点了点头。

“真奇怪。”

修一似乎并不觉得奇怪。

“他们长得很像。”

“是啊。”

男人在打瞌睡，又有电车行驶的声音，但也不能当面大声讨论眼前的人。

信吾觉得这样看着人家也不好，于是低下了头，此时一股莫名的孤独感袭来。他原本是为那位男士感到孤独，可这种孤独很快沉淀到信吾自己的内心深处。

从保土谷站到户冢站是一段漫长的路程，秋日的天空逐渐暗淡下来。

那位男士看起来比信吾年纪稍小，有五十五六岁。在横滨下车的年轻女子，或许和菊子同龄，但她的眼睛之美和菊子完全不同。

然而，信吾想，那位女子怎么会不是这位男士的女儿呢？信吾越发觉得不可思议。

世间存在一些长相极为相似的人，以至于让人觉得他们是亲生父母和子女。不过，这种情况并不常见。对于那个女子而言，或许只有这位男士与她如此相似；而对于这位男士来说，那个女子也许就是唯一与他相似的人。他们彼此都只有对方一人，或者可以说，这样的组合在世上仅此一对。两个人毫无关联地生活着，做梦也不会想到彼此的存在。

二人偶然同乘了一辆电车。他们第一次相遇，恐怕再也不会相见。在漫长的人生中，只共处了短短的三十分钟。他们没有任何交流便匆匆离去。二人虽然邻座而坐，可能连彼此的样子都没有仔细看过，因此也未曾意识到彼此如此相似。拥有奇迹般相似面容的人在彼此的不知不觉中就离开了。

感到不可思议的是作为旁观者的信吾。

然而，坐在二人面前，察觉到这一奇迹的自己，是否也参与了这个奇迹中呢？究竟是什么人创造出如同父女般相似的男女，让他们在一生中仅仅邂逅三十分钟，并让信吾看到了这一场景呢？

而且，那位年轻女子因为等不到她相约之人，竟和看似父亲的男子并肩而坐。

“这就是人生吗？”信吾不禁感慨。

电车在户冢站停下时，那个睡着的男人慌忙起身，他放在行李架上的帽子掉落在信吾的脚边。信吾捡起帽子递给了他。

“啊，谢谢。”

男人甚至连帽子上的尘土都没有掸掉就戴上走了。

“真是奇妙啊，居然是毫无关系的陌生人。”信吾的声音轻松了许多。

“他们虽然相似，但装扮却不同。”

“装扮？”

“女子看起来精力充沛，而那位大叔却邋里邋遢的。”

“女儿打扮时尚，而父亲衣衫褴褛，这种情况在社会上也很常见吧。”

“即便如此，他们的服装风格也不同。”

“嗯。”信吾点了点头，“那位女子在横滨下车了吧？然后剩下男子一人时，突然在我眼中，他显得有些落魄……”

“没错，从一开始就是这样的啊。”

“然而，他为何突然显得落魄，我还是觉得奇怪。可能这让我联想到自己，虽然他比我年轻多了……”

“确实，年长者带着年轻美丽的女性，看起来就会很有面子呢。父亲您觉得呢？”修一调侃道。

“因为像你这样的年轻人会羡慕吧。”信吾也搪塞着说。

“我可不羡慕。年轻的俊男美女在一起，总让人觉得不够踏实。而丑男和美女在一起又觉得可怜，美女就该托付给老人。”

信吾心中仍然无法忘记刚才那对奇妙的男女。

“不过，他们可能真的是父女呢。我刚刚突然想到，那女子或许是他在外面生的，见面也没互报姓名，所以父女之间彼此不相识……”

修一转过头去。

信吾话一出口就觉得自己说错了。

不过，既然修一觉得这是在挖苦他，他便接着说：“在二十年后，你也可能遇到这种情况。”

“父亲想说的就是这个吗？我可不是那种感伤的宿命论者。敌人的炮弹在我耳边呼啸而过，却没有一个击中我。或许在中国或南方，我也有私生子呢。和炮弹在耳边划过相比，遇到私生子却对面不相识，再就此分开，根本不算什么，因为没有生命危险。而且，绢子未必会生女儿，就算绢子说那不是我的孩子，我也只是感慨一下而已。”

“战争时期与和平年代是不同的。”

“如今可能有新的战争在追着我们，或者我们心中的旧战争像幽灵一样缠绕着我们。”修一冷冷地说，“你才是因为那个女孩有些特别，才暗自感受到了她的魅力，才会纠结于这些奇怪的事情。只要女人与其他女人有些不同，男人就容易被吸引。”

“你是觉得，女人稍微有些不同，就要她给你生孩子，抚养孩子，你觉得这样就好了吗？”

“我可没这样期望过。如果说谁有这种想法，那也是女人。”

信吾一时无言以对。

“在横滨下车的那个女子，她是自由的。”

“自由是什么？”

“她没有结婚，若是有人邀请她，她会来。虽然她展现出高傲的姿态，但生活并不安稳，内心充满不安。”

信吾对修一的观察感到震惊。

“连我都被你吓了一跳，你什么时候变得如此堕落了？”

“菊子也很自由，她是真的自由。她可不是士兵，也不是囚犯。”修一激动地反驳道。

“自己的妻子自由是什么意思？你对菊子也这么说吗？”

“请父亲直接告诉菊子。”

信吾极力忍耐着怒火，说：“也就是说，你要对我说，让你跟菊子离婚吗？”

“不是这样的。”修一也压低了声音，“因为提到在横滨下车的那个女孩是自由的……她和菊子年龄相仿，所以父亲才觉得他们看起来像父女，不是吗？”

“嗯？”信吾被突如其来的问题弄得愣住了，“不是。如果他们不是父女，那他们长得也太像了，难道不算是奇迹吗？”

“不过，也没有像父亲说的那样感动。”

“我确实深受感动啊。”信吾回答。但当修一提到菊子已在信吾心里时，信吾一时语塞。

扛着枫叶枝条的乘客在大船站下了车，信吾目送着枫树的枝条渐渐远离月台后，说：“要不要趁机回信州看看枫叶？保子和菊子也一起去。”

“是啊，不过我对枫叶没什么兴趣。”

“我想看看故乡的山。保子说，在她的梦里，老家的房子已经破败不堪了。”

“确实破败了。”

“趁着能打理的时候赶紧修缮，否则就会彻底腐坏了。”

“房屋骨架还坚固，所以并不算破败，但要打理的话……不过，修缮之后又能如何呢？”

“嗯，或许作为我们的养老闲居之所，或许有一天，你们又不得不疏散到乡下去呢。”

“这次我留下看家吧。菊子还没见过父亲的老家，应该去看看。”

“最近菊子怎么样？”

“我与情人的关系结束了，菊子或许也有些厌倦了吧。”

信吾苦笑着。

（四）

星期天下午，修一好像又去了钓鱼场。

信吾把晾晒在走廊上的蒲团整齐地摆成一排，枕着胳膊躺着，享受着秋日的暖阳。

阿照也懒洋洋地卧在走廊前面放鞋的石板上。

保子则在饭厅里，膝上堆放着十天的报纸，专心阅读着。她发现有趣的报道时，会念给信吾听。这样的情况时常发生，以至于信吾总是心不在焉地回应她：“星期天保子你就别读报纸了。”说着，他懒洋洋地翻了个身。

菊子在榻榻米的壁龛前，正在用王瓜插花。

“菊子，那瓜是长在后山的吧？”

“是的，特别好看。”

“山里还有吧？”

“有的，山里还有五六个。”

菊子手中的藤蔓上挂着三个瓜。

信吾每天早晨洗脸时，都能从芒草上方看到后山上着了色的王瓜，放在室内后，王瓜异常鲜艳夺目。

望着王瓜时，菊子也映入了信吾的眼帘。她的下巴和脖子线条优美得无法形容，信吾心中泛起一阵悲伤，一代人是无法产生这么美的线条的，这样的美丽须要经过几代传承才能产生吧。或许是因为发型的缘故，菊子的脖颈格外显眼，看上去略显消瘦。

信吾早已知道菊子那细长脖颈的线条是多么美丽，不过，或许是因为信吾在距离恰当的地方从躺着的角度望去，更加突显了。

也许是秋天的光线柔和的缘故吧。

她的下巴到脖颈的线条上，仍依稀带着少女的气息。

然而，柔和的曲线逐渐膨胀起来后，那少女的气息就会逐渐消逝。

“还有一个……”保子呼唤信吾，“这个很有趣哟。”

“是吗？”

“一个美国的故事。在纽约州一个叫布法罗的地方，布法罗……有个男人遭遇了车祸，左耳被撞掉了，他去看医生。医生立刻冲出门，赶到肇事现场，找到了那只血淋淋的耳朵，捡回去后，就把耳朵缝了回去，说是从那之后情况一直很好。”

“切断的手指也是，立刻缝回去就能很好地愈合。”

“是这样吗？”

保子又看了一会儿其他的报道，随后像是想起了什么似的说：“夫妻之间也是这样，短暂分离再重聚，这样夫妻关系有时会更好。但如果分开太久……”

“你在说什么？”信吾似问非问地说。

“房子的事情不也是这样吗？”

“相原失踪了，生死不明。”信吾轻声回答。

“如果调查下他的行踪，应该能找到吧，不过……这事究竟会怎样呢？”

“这是丈母娘的执念啊！离婚申请早就提交了，还是死了这条心吧。”

“死心这一点，我从年轻时就很擅长了，但看到房子带着两个孩子出现在面前，我就想到底该怎么办呢？”

信吾沉默不语。

“房子容貌不佳。如果有再婚的机会，她撇下两个孩子再嫁，不管怎么说，菊子肯定会很可怜的。”

“那样的话，菊子他们肯定会另立门户，孩子就要由外婆抚养咯。”

“我啊，我倒不是舍不得费力气，怕麻烦，但你知道，我已经六十几岁了吧？”

“那就只好尽人事，听天命了。房子去哪里了？”

“去看大佛了。孩子们真是奇怪，里子有一回在从大佛回来的路上差点儿被车撞了，可是她喜欢大佛，总想去看。”

“她也不见得是真的喜欢大佛吧。”

“好像是喜欢。”

“哦？”

“房子不回老家吗？去继承那个房子。”

“继承老家的房子什么的不需要。”信吾斩钉截铁地说。

保子沉默下来，继续看报纸。

“父亲。”这回是菊子喊道，“听到母亲说的耳朵的故事，我就想起来了，父亲您曾经说过：‘能不能把头从身体上取下来，存放在医院，让医院清洗或修缮呢？’对吧？”

“对啊，那是看到邻居家的向日葵后说的，近来似乎真有这样的必要。我有时候会忘记怎么系领带，甚至会把报纸倒着看也依然毫不在意。”

“我也常常想起这件事，我还想把头送到医院去修理。”

信吾看着菊子。

“嗯，就好像每晚都要把头放在‘睡眠医院’里去一样。说起来，年纪大了，梦也多了。记得在哪里读过一首诗，诗曰：日有所思，夜有所梦。梦是现实的延续，不过我的梦并不是现实的延续。”

菊子看了看已经插好的王瓜。

信吾盯着王瓜的花，突然唐突地说：“菊子，分开住吧。”

菊子惊讶地转过身，站起来走到信吾身边坐下。

“我害怕分开住，修一让我感到害怕。”菊子小声说，不让保子听见。

“菊子，你打算和修一分手吗？”

菊子认真地说：“假如真的分手了，我希望父亲能让我照顾您。”

“那是菊子的不幸。”

“不，我心甘情愿，毫无不幸可言。”

信吾有点吃惊，这是第一次菊子如此表现出自己的热情。他感到了一丝危险。

“菊子对我这么好，是不是错把我当成修一了呢？这样的话，反而会对修一产生隔阂。”

“他这个人身上的有些地方我无法理解。有时会突然觉得他很可怕，我完全不知道该怎么办才好。”菊子面色苍白，恳求地看着信吾。

“是的，自从他参军后就变了，仿佛故意让我无法看透他的真实想法……不过，就像刚才提到的，像那被切下的血淋淋的耳朵一样，如果随意缝合回去，或许还能长得更好。”

菊子静静地听着。

“菊子是自由的，修一没有告诉你吗？”

“没有。”菊子抬起疑惑的眼睛，“自由？”

“是的，我也曾反问修一，自己的妻子自由意味着什么……仔细想想，或许有这层意思：菊子可以从我这里获得更多的自由，而我也可以让菊子更自由。”

“这个‘我’，说的是父亲您吗？”

“对的。菊子是自由的，修一让我告诉你。”

这一刻，天上传来了声响。信吾真的觉得听到了天上的声音。

抬头一看，原来有五六只鸽子正低低地斜飞过庭院。

菊子似乎也听到了，她走到走廊的尽头，目送着鸽子，眼里噙满了泪水，喃喃自语：“我真的是自由的吗？”

趴在放鞋的石板上的阿照也追着鸽子振动翅膀的声音，跑向了庭院对面。

（五）

那天星期天吃晚饭的时候，一家七口齐聚一堂。

刚刚回来的房子和她的两个孩子，当然现在也是这个家的成员。

“鱼铺里只剩下三条香鱼了。这条给里子吃。”菊子一边说着，一边把鱼分别放在了信吾、修一和里子面前。

“小孩子吃什么香鱼嘛。”房子把手伸了过去，“给外婆吧。”

“不要。”里子按住了盘子。

保子和蔼地说：“这是条好大的香鱼呢，今年快要没有了。不用了，我吃外公的。菊子吃修一的。”

说起来，这里似乎聚集了三组人，或许应该有三个家。

里子先动了筷子，专心吃着盐烧香鱼。

“好吃吗？吃得真没规矩。”房子皱起眉头，夹了一些香鱼鱼子，送到小女儿国子嘴里。里子也没有表示不满。

“把鱼子……”保子轻声嘀咕，用自己的筷子掐了一小段信吾面前的香鱼鱼子。

“以前在老家，受到保子姐姐的劝导，我曾试着写过俳句，有这样一类季语，如秋天的香鱼、顺流而下的香鱼、秋季要产卵的赤褐斑香鱼，等等。”信吾说到这里，突然看了保子一眼，但接着继续说道，“香鱼产卵后，筋疲力尽，容貌衰退，摇摇晃晃地游向大海。”

“像我一样。”房子立即回应道，“不过我从一开始就没有香鱼那样的容貌。”

信吾假装没听见。

“以前有这样的俳句：而今置身于海水，秋季的香鱼；还有，香鱼深知死将至，湍湍急流送入海。这仿佛就是在说我。”

“说的是我呀。”保子说。

“香鱼产卵后游回海里，就会死吗？”

“我记得确实是会死的。也有一些香鱼会潜在河边过冬，这种叫作栖宿香鱼。”

“我可能就是那种栖宿香鱼。”

“我可没法像栖宿香鱼那样待着。”房子说。

“不过，回到娘家后，房子也长胖了，气色也好了。”保子看着房子。

“我可不要变胖。”

“回到娘家就像藏在河底一样。”修一说。

“我不会潜藏太久的，我会流向大海的。”房子高声地说，“里子，只剩下骨头了，别再吃了。”她责备道。

保子露出一副不可思议的样子说：“都怪老头子说起香鱼的事，好好的香鱼味道都没心思品尝了吧。”

房子原本低着头，微微动了动嘴，后来又郑重其事地说：“父亲，您能让我开一家小店吗？化妆品店也好，文具店也好……无论多偏僻的地方都行。我想试试弄个摊位或小酒馆。”

修一惊讶地问：“姐姐能做卖酒的生意吗？”

“当然能。客人喝的是酒，并不是女人的脸蛋。你以为自己有个漂亮的太太，就可以随便说话吗？”

“我不是那个意思。”

“姐姐也可以做到的。女人都能做卖酒生意。”菊子意外地插话道，“如果姐姐能做到，我也愿意帮忙。”

“哎呀，这可了不得。”

修一显得有点惊讶。晚餐的气氛变得沉闷。

菊子一个人脸红到了耳根。

“对了，下个星期天大家一起去老家看枫叶，怎么样？”信吾说。

“枫叶吗？我想去。”

保子的眼睛亮了起来。

“菊子也去吧。你还没见过我们的家乡呢。”

“嗯。”

房子和修一依然憋着一肚子火。

“那谁来看家？”房子问。

“我来。”修一答。

“我来。”房子反驳道，“不过，在去信州之前，父亲必须给我一个答复。”

“那就先给个结论吧。”信吾说着，想起了在沼津开小裁缝店的怀有身孕的绢子。

晚饭后，修一最先起身离开了。

信吾也揉着酸疼的脖颈站了起来，无意中望了望客厅，打开了灯，喊道：“菊子，王瓜耷拉下来了哦，太重啦。”

洗陶瓷碗碟的声音太大，菊子似乎没有听到。